ニィナは祐人の胸に額を当てると、震えるように声を絞り出す。
「祐人……私、悔しいの……自分の無力さが！
今、私の二人の親たちの紡ぐ夢が、私と同じだと分かったのに！
この4人の夢を関係のない奴らに、滅茶苦茶にされそうなのに！
実の父を今日、失ったのに！　私は何もできない……ただの小娘なのが悔しい！」
ニィナは湧き上がる感情を抑えきれず、大きな声で泣き出した。
祐人はただ、黙り、ニィナが落ち着くまでその小さな頭を撫で続けた。

「傲光、推して参る！」

「よーし、行きまっせ！」

「祐人一家、出陣よ!!」

神獣たち
大暴れ!!

「私は死神なんですけどー、
すごい喜んでくれて
嬉しいですー」
「……倒す、全部」
「ぜえええったい！
祐人に褒めてもらうんだ！」
「ウガ！」

「ご褒美をねだっていい？」
襖から現れた嬌子に祐人は目を丸くし、口を大きく広げ、度肝を抜かれた。

魔界帰りの劣等能力者

4.偽善と酔狂の劣等能力者

たすろう

HJ文庫
887

口絵・本文イラスト　かる

Contents

プロローグ

マットウ邸《てい》はまさに戦争の様相を呈《てい》していた。

敷地内《しきちない》に仮設司令部を置き、目まぐるしく出入りする兵士たちで間もなく戦闘《せんとう》が始まる予感を生じさせた。

そのような中、祐人《ひろと》と瑞穂《みずほ》とマリオンはそれぞれの表情で屋敷《やしき》の一階部分にある応接室に移動した。応接室に入ると祐人は瑞穂たちと対面でソファーに座《すわ》り、口を開いた。

「瑞穂さん、マリオンさん、きっと僕《ぼく》に色々と聞きたい事があるとは思うんだけど、ごめん、すべては言えない。でも二人には僕のことで伝えられることを全部伝えるね。それと今から言うことは出来る限り内密にしてほしいんだ」

祐人の真剣《しんけん》な顔に瑞穂とマリオンはただ頷《うなず》いた。

「いいわ、私の四天寺《してんじ》家だってすべてを伝えられないところがあるわ。それはどこの能力者にもあることよ」

「そうですね。ただ、今回、私たちの記憶《きおく》から祐人さんの存在がすべて消えたことにも関係するんですよね？」

祐人はマリオンの当然の疑問に頷く。

「僕は天然能力者じゃない。僕の家も能力者の家系なんだ。このことは秘匿《ひとく》しているんだけどね」

瑞穂とマリオンは祐人の話に聞き入る。そしてこのことに関して二人は驚《おどろ》かなかった。

それはなんとなくではあるが瑞穂もマリオンも感じていたからだ。祐人の人外や能力者に対する知識やその戦い方は天然能力者と言うにはあまりに洗練されているものだった。

また、それは恐《おそ》らく実戦から手に入れたものであろうことも薄々《うすうす》感じている。どこでそれだけの経験を積んだのかはさすがに想像もつかなかったが、それも祐人の持つ秘密に関係しているかもしれない。

「僕の家は本来、霊剣師《れいけんし》の家系なんだ。でも事情があって表に出ることを避《さ》けて機関とも距離《きょり》を置いていた」

「霊剣師、ですか。たしか霊剣師は能力者の中でも霊力《れいりょく》を操《あやつ》ることに長《た》けた人たちと聞いています。でも祐人さんは霊力が……」

マリオンは祐人の話を聞き、気遣《きづか》いながら祐人を見つめる。

「うん、霊剣師の技《わざ》は使えない。というより、修得することができなかった。この特異体質のせいでね。ただ、僕が特異体質になったのは原因があるんだ」

祐人はこちらを真剣に見つめている瑞穂とマリオンに口を開いた。

「僕は霊力と魔力《まりょく》を持っている」

「な⁉」

「まさか、そんなことが……！」

さすがに瑞穂とマリオンはすぐには信じられなかった。というのもあまりに非常識すぎる内容だからだ。もし、それが本当ならば祐人はここに存在はしていないはずだ。

相反する霊力と魔力を同じ個体に持ってしまえば、その場で身体《からだ》が吹《ふ》き飛《と》んでしまう。

だが祐人はまるで二人の反応は想定の範囲内《はんいない》というように、そのまま伝えられる限りのことを伝えた。

自分には霊力と魔力が両方とも内包されていること。

また、魔力だけ封印《ふういん》が施《ほどこ》されていること。

そのためか霊力がただ漏《も》れ出《で》る特異体質になってしまったという経緯《けいい》。

今の自分は仙道使《せんどう》いであることも伝え、その霊力、魔力に反発しない仙氣《せんき》の特性をヒントに霊力、魔力の同時行使を覚えたことも話した。

そして、霊力、魔力の同時行使は凄《すさ》まじい力を引き出せるが、その反動として他人から忘却《ぼうきゃく》されてしまうことを伝えた。

堂杜《どうもり》家の管理物件や魔來窟《まらいくつ》の向こう側、魔界《まかい》についてはどうしても言うことは出来なかったが、伝えられることは伝えた。

瑞穂とマリオンは祐人の話の途中《とちゅう》、驚愕《きょうがく》し、深刻な表情になりつつもすべてを聞き終える。

「ちょっともう、あなたの話……すべてがまともじゃなくて言葉が出てこないわ」

「こ、こんなことが……しかも仙道。聞いたことはありますが本当に存在していたんですね」

「いやまあ、とんだジジイたち……人たちで、一生、会わないに越《こ》したことはないよ？　いや、本当に」

ここで瑞穂は祐人にどうしても確認《かくにん》したいことがあった。

「さっきの話だけど祐人は霊力、魔力の同時行使……今までにその力を数回使っているのよね」

「え？　う、うん」

「そう……。じゃあ、その度《たび》にみんなに忘れられてきたの？　新人試験の時のように……」

祐人は瑞穂の言葉に真剣な顔を作る。

「うん……」

それを聞き、瑞穂とマリオンは祐人を気遣うように見つめてしまう。

この少年がそんな犠牲《ぎせい》を払《はら》ってまで、その力を使うのは何故《なぜ》なのか？

前回の新人試験の時だって祐人にとって得なことは何もない。事実、直接的にその命を救われた自分たちにも忘れられていたのだ。

祐人をそこまでさせる……祐人を突《つ》き動《うご》かすものは何なのか？

だが、瑞穂とマリオンは今回の依頼《いらい》での祐人の考えや行動、そして、思い出した新人試験の時の祐人を考えて……この少年の性格や性情が何となく分かってきている。

瑞穂とマリオンは祐人を心配と一抹《いちまつ》の不安を含《ふく》めた視線で見つめる。

今の瑞穂とマリオンには見えてしまうのだ。

この少年は自分が必要と考えれば、きっと躊躇《ためら》わずにあの力を使うだろうと。

その代償《だいしょう》に誰《だれ》からも忘れられてしまうとしてもだ。

「祐人さん……」

「うん？　何？　マリオンさん」

「あの力を使った時は必ず全員忘れてしまうんですか？　その……例外はないんでしょうか？」

マリオンは静かだが祐人に迫《せま》るように聞いてくる。

祐人はマリオンにそれを言われると心の中で掛け替《かが》えのなかった人たち……また、現在の掛け替えのない友人たちを思《おも》い浮《う》かべた。

「例外……うん、親族を除けば、少数だけど僕を思い出した人たちがいたよ」

それを聞き、瑞穂とマリオンは心なしか明るい表情になる。

「それと……二人だけ、一度も僕を忘れなかった人がいるかな」

「え⁉　それは？　どんな人たちなんですか？」

「うん……一人は、もういない」

瑞穂とマリオンは口を閉ざす。

それを言う祐人の目が一瞬《いっしゅん》、遠くを見つめたように見えたからだ。

気のせいかもしれない。だが一瞬、祐人の心がここに存在しないような不安を覚えた。

そして、瑞穂とマリオンはその人物に心当たりがあった。

それは、新人試験の時にサトリ能力を身につけた吸血鬼《きゅうけつき》が言っていた……祐人が失った最愛の人という言葉。二人は恐らく、その人のことだと確信してしまう。

しばらくの沈黙《ちんもく》の後、瑞穂はもう一人の存在が気になる。

「祐人、もう一人は？　親族？」

「うん？　いや、もう一人は同級生だよ。同じ学校に通う」

「は？　同じ学校？」

「え、同級生ですか？」

瑞穂とマリオンが祐人の日常を垣間見て《かいまみ》驚くと同時に、二人の少女にとってどうしても確認しなくてはならないことが寸分たがわず思い浮かんだ。

「それは女？」

「その人は女性ですか？」

何故か瑞穂とマリオンから表情が消えたように見えて、祐人は背中が冷たくなる。

二人の目が影《かげ》で消えているような……。

「え？　うん、そうだけど……幼馴染《おさななじみ》みたいなもんだから！　付き合いも長いから、それで覚えていたんじゃないかと」

突然《とつぜん》、瑞穂とマリオンから霊力が吹き上《あ》がる。

「ヒッ！」

「へー、幼馴染ね」

「ふーん、そうですか……幼馴染」

祐人は二人から吹き上がった闇《やみ》オーラ（霊力）がバーストしたことで、どんな戦場でも臆《おく》したことのない体が自然と震《ふる》えだした。

「祐人！」

「祐人さん！」

「はひ！」

「この依頼が終わったら、あなたの連絡先《れんらくさき》を必ず私たちに教えなさい。あと、学校等の詳《しょう》細《さい》な情報も、ね。フフフ……」

「え⁉　な、何で？　連絡先は分かるけど、学校のことまで？」

「フフフ……祐人さん？　何か不都合でも？」

「のわ！　ないです！　この依頼終了《いらいしゅうりょう》後にレポートで詳細に報告します！」

いつもはマリオンの微笑《ほほえ》みに顔がほころぶ祐人だが、今はまったく癒《いや》されない。

（時折、僕はこの二人が怖《こわ》いよ！）

ガタガタ震えてソファーにしがみつく祐人。

祐人は何とか心を落ちつけると今、瑞穂とマリオンにどうしても言いたいことを勇気を振《ふ》り絞《しぼ》って伝えた。

「瑞穂さん、マリオンさん」

祐人に真剣な顔で話《はな》し掛けられ、瑞穂とマリオンは祐人に顔を向けた。

「なんて言っていいか分からないんだけど……僕の正直な気持ちを二人に伝えるね」

「え？」

「それは？」

祐人の思わぬ言葉にちょっとだけ緊張《きんちょう》したような顔になる瑞穂とマリオン。

「僕を思い出してくれて、ありがとう。瑞穂さんとマリオンさんが初めてなんだ。僕をこんな形で思い出してくれたのは」

「……あ」

「祐人さん……」

瑞穂とマリオンは頭を下げた祐人を複雑な心持ちで見つめる。

二人はお礼をされることは何もしていないと強く思う。

だが、祐人を取り巻く状況《じょうきょう》を考えればこれが祐人の本音であるのだろう。

でも、それではあまりに……と二人は目を細めた。

「今までも僕を思い出してくれた人たちはいるんだ。ただそれは皆《みな》、僕を忘れなかった人たちと関《かか》わることで僕を思い出してくれた。もちろん、僕にはとても有難《ありがた》かった……」

祐人は瑞穂とマリオンを交互《こうご》に見つめる。

「でも、そういったこともなく自分から、瑞穂さんとマリオンさんのように自然と僕を思い出してくれたのは二人が初めてだった。だから、僕は今日、二人から勇気をもらったんだ！　僕は誰に頼《たよ》らなくても人と繋《つな》がっていけるって！　僕はもっと努力をしていくよ、みんなに忘れられないように！」

その祐人の真剣な眼差《まなざ》しを瑞穂とマリオンは暫《しばら》く見つめ、二人はフッと笑う。

「馬鹿《ばか》ね……祐人は」

「祐人さんは馬鹿です」

「え？」

「祐人、私も人との付き合いが苦手だから偉《えら》そうなことは言えないけど……」

「私も人見知りをしてしまう方ですけど……」

瑞穂とマリオンは優《やさ》しく微笑《びしょう》した。祐人は二人のこの微笑に鼓動《こどう》が跳《は》ねて無意識に頰《ほお》を赤らめてしまう。

「それは当たり前のことなのよ、祐人」

「それが当然のことだと私でも知っています」

瑞穂とマリオンを驚くように見つめる祐人。

「だから、あなたはそのままでいなさい。さっき言ったでしょう。祐人がしたいことをしていいって。それは今までのあなたの行動が私たちにそう思わせたのよ」

「そうです。誰だって会ったことのある人を忘れることだってあります。祐人さんのは、それがちょっと極端《きょくたん》なだけです。他の人たちが出会い、お互《たが》いに繋がるのと同じように私たちは祐人さんと縁《えん》があったんです。だから、祐人さんは今まで通りでいいんです」

瑞穂とマリオンの言葉を受け、祐人はハッとしたように二人を見つめた。

今、祐人の前に魔界で出会ったリーゼロッテの笑顔《えがお》が……二人に重なる。

だが、祐人は激しくかぶりを振った。

（瑞穂さんとマリオンさんは瑞穂さんとマリオンさんだ。リーゼロッテとは違《ちが》う。この二人は僕とそれぞれに繋がってくれた友人なんだ。そう、それは掛け替えのない）

「まったく……これぐらいで泣くんじゃないわよ、祐人」

「え!?　あれ？　ち、違うよ！　これは目に……」

「ふふふ、はい、祐人さん。これで目のゴミを取ってください」

瑞穂は呆《あき》れた感じで言い、マリオンが笑いながらハンカチを祐人に差し出した。

二人は祐人にまだ聞きたいこともあったろうが、それ以上のことを聞いてはこなかった。

ただ、これからどうするか、祐人の答えが決まったら部屋に来るようにとだけ言われた。

交代するSSランクの能力者が到着次第《とうちゃくしだい》、祐人たちの任務は終了《しゅうりょう》してしまう。

だが逆に言えば、それまでは祐人たちにはここにいる理由がある。

その間にどうするかを決めなさい、と瑞穂は祐人に伝えて応接室を出て行った。

第1章 偽善と酔狂の劣等能力者

祐人《ひろと》は応接室を出た。

廊下《ろうか》に出るとマットウの兵たちは依然《いぜん》として慌《あわ》ただしく行き来しており、妖魔《ようま》の大群を迎《むか》え撃《う》つべく急ピッチで準備を進めているのが分かる。

祐人はそれを見て顔を曇《くも》らせた。これは本来、ミレマーに起きうるものではないのだ。マットウ、グアラン、そして、ニイナ、ミレマーのためにその身を捧《ささ》げた人間たちが思い描《えが》く未来とは程遠《ほどとお》い状況だ。

今、ミレマーはスルトの剣《けん》という危険極《きわ》まりない組織に主要都市が襲《おそ》われんとしている。

「堂杜様《どうもり》、ここに居《お》られましたか。探しておりました」

突然、祐人は後ろから話しかけられて振り向《む》くと、そこにはマットウの執事《しつじ》アローカウネがいた。だが、その姿は執事のものではない。

アローカウネは軍服を身につけ、全身に武器を巻き付けた物々しい出《い》で立《た》ちだった。今のアローカウネからは歴戦の戦士のオーラが否《いや》が応《おう》でも伝わってくる。

「アローカウネさん！　その恰好《かっこう》は……⁉」

「ははは、状況が状況ですので。私のような者でも後方で安穏《あんのん》としてはいられません」

「そうですか……」

「それよりも堂杜様に伝えたいことがあります」

「……？　それは何でしょう」

「グアラン首相《しゅしょう》は亡《な》くなられました。ミンラに向かう途中、車の中で……」

「っ⁉　いえ……そうでしたか。残念です、ミレマーは惜《お》しい人を失いました」

祐人は驚いたが、すぐに心を静めて応対した。

祐人も分かっていたのだ。あの時のグアラン首相の容体は深刻なものであったことを。

すると祐人はニイナのことが気になった。ニイナは重傷のグアランと一緒《いっしょ》に車の中にいたはずだ。グアラン首相はニイナの実の父親かもしれない人物である。

そのグアランの最期をニイナはどのように見たのか？　マットウの盟友としてか、それとも……。祐人はニイナを案じて無意識に目を床《ゆか》に落とした。

その祐人をアローカウネはしばし見つめると口を開く。

「ありがとうございます。それを聞けばグアラン首相も浮かばれるでしょう。それと堂杜様にはもう一つ、お話ししておこうと思うことがございます」

「私からニイナお嬢様《じょうさま》にグアラン首相がニイナ様の実の父親だということを伝えました。マットウ様とグアラン首相の過去や決意、その後の行動も含め、すべてをお伝えしました。グアラン首相が亡くなられる前に……」

祐人は顔を上げ、アローカウネの顔を見つめる。

「そ、それで……ニイナさんは？」

「ニイナ様はグアラン首相が亡くなられる直前にその手を握《にぎ》り、耳元で〝お父様〟と声をかけられました。それは何度も何度も……何度も、グアラン首相が亡くなられるその瞬間《しゅんかん》まで」

「……」

祐人は神妙《しんみょう》な顔でアローカウネの話を聞いていた。

「ただ、奇跡《きせき》は起きました。私も長らく戦場にいたことがありますが、ああいうことは中々、目にしたことはありません。あの体でグアラン首相は最期の瞬間に目を開け、ニイナ様にお声をかけたのですから」

「……何と言われました？」

「はい、グアラン首相は……」

「何でしょうか？」

アローカウネにも思うところがあるのか、一瞬だけ悲しみを瞳《ひとみ》に灯《とも》し遠くを見つめる。

〝ニイナ、すまなかった。愛している〟

グアランの死《し》に際《ぎわ》の第一声は謝罪だったという。

「恐らくはもう何も見えてはいなかったのでしょう。空いた手でニイナ様の顔を探すように車の天井《てんじょう》に伸《の》ばしていました。それを察したニイナ様がすぐに引き寄せ、自分の頬に寄せました。そして……」

〝私は……このミレマーをソーナインの望んだ世界に、優しく豊かな国に……〟

「と言われたところで、グアラン首相は……」

何という最期であろうか、と祐人は唇《くちびる》を噛《か》んだ。

そして、グアラン首相の最期は本当にここで良かったのか？　と思う。

何故《なぜ》なら、グアランを殺したのは本来の敵である軍事政権ではないのだ。軍事政権に殺されたのならその戦いは対等だ。戦いに身を置く戦士ならばそう考えることができる。

だが、グアランを殺したのは第三者の組織スルトの剣。スルトの剣の目的を考えれば彼《かれ》らにグアランを殺す理由などないはずだ。

祐人の全身から濃密《のうみつ》な仙氣が高まっていき、両手に固い拳《こぶし》を作る。

アローカウネはその祐人の様子を見て、先程《さきほど》から考えていたことの決心がついた。

今から言うそれは、本当は自分の役目かもしれないが、何故かアローカウネはこの少年にお願いするのが良いと思ったのだ。確固とした理由はないのだが。

「堂杜様、今、ニイナ様は自室に閉じこもり、鍵《かぎ》もかけてしまいました。そこで、申し訳ないのですが、ニイナ様に出てくるように言いに行って頂けないでしょうか？　場合によっては力ずくでも構いません。それは堂杜様にお任せします」

そう言うとアローカウネは祐人にニイナの自室の鍵を差し出した。

祐人は驚き、アローカウネに尋《たず》ねる。

「何故？　僕にこの役目を？」

「分かりません。ですが強《し》いて言えば、堂杜様たちが来た僅《わず》かな間にニイナ様が初めて見せる表情がたくさんあった、というのが理由ですかね」

「え……でも、そんな理由で？」

「理由はもう一つあります。これも理屈《りくつ》ではないんですが……何となく似ているんですよ、堂杜様も」

「僕も？　誰にです？」

「ソーナイン様です。ニイナお嬢《じょう》さまの母上の。いえ、堂杜様も女性と似ていると言われても、と思われるでしょうが、そうなのです。あの方は普段《ふだん》はお優しいのですが、事があると男勝《おとこまさ》りなところもありましたから……。もちろん、ニイナ様が一番似ているのですがね」

「……ニイナさんのお母さん、ですか」

「お願いできないでしょうか？　堂杜様」

そう言うとアローカウネは深々と祐人に頭を下げる。

祐人はアローカウネを真剣に見つめると頷いた。

「分かりました……お力になれるか自信はないですが、やってみます」

「ありがとうございます、堂杜様」

アローカウネは顔を上げて、祐人にニイナの自室の鍵を渡《わた》した。


祐人はアローカウネに言われた通りにニイナの自室の前までやってきた。

ドアの鍵はアローカウネから受け取ってはいるが、いきなり女性の部屋のドアを開けるわけにもいかないので、まずノックをしてみる。

予想はしていたが中から返事はなかった。

だが、祐人がもう一度ノックをしようとしたとき、意外なことにニイナから「どうぞ」という返事が聞こえてきた。

祐人がドアを開けて中に入ると、ニイナはデスクの前でこちらに背を向けて立ち、窓から中庭を眺《なが》めていた。

「ニイナさん……」

祐人の声に意外な人物が来たと思ったのか、驚いたようにニイナが振り返《かえ》った。

祐人はそのニイナの瞼《まぶた》が腫《は》れた顔を見て、つい先ほどまでニイナがどういう状況だったのか推測できてしまう。

「祐人？　祐人が何をしに来たの？」

「うん、アローカウネさんからニイナさんに外に来てもらうよう伝えて欲《ほ》しいと言われたんだ」

ニイナはそれ以上何も言わず、再び祐人に背を向け、デスク越しに窓の外を眺める。

祐人はそのニイナの小さい背中を見つめる。

そして、祐人はニイナがこちらを見たときに、今、ニイナが懐《ふところ》に隠《かく》しているものを見逃《みのが》さなかった。

だから、祐人はニイナの考えを改めさせなければと思う。

「アローカウネさんから聞いたよ。グアラン首相のこと……」

ニイナはその祐人の言葉に一瞬だけ、肩《かた》を震わした。

「今、何て声をかければ、良いかなんて僕には分からない。でも、ニイナさんそれだけは駄目《だめ》だ。その懐に入れている銃《じゅう》をすぐに置いて下さい」

そう指摘《してき》されると顔を硬直《こうちょく》させたニイナは振り返り、薄暗《うすぐら》い笑《え》みを浮かべながら祐人を睨《にら》みつける。

「前から思っていたけど、祐人は馬鹿なのかしら？　これから私は父の仇《かたき》をとりに行くのよ。その私が何故、この銃を置く必要があるのよ」

そう言うとニイナは表情の見えない顔で懐から拳銃《けんじゅう》を取り出した。

「ニイナさん、気持ちは分かるけど……」

祐人がそう言葉を続けようとした瞬間、ニイナは整った顔を怒《いか》りの形相に変え、祐人の前に走りながら近寄り、その頬を力一杯《ちからいっぱい》、右手で張りつけた。

「気持ちが分かる？　気持ちが分かるですって⁉　冗談《じょうだん》じゃないわよ！　あなたに何が！　あなたに何が分かるって言うのよ！　日本っていう平和で豊かな国で生まれた、あなたに！」

祐人は引《ひ》っ叩《ぱた》かれた頬をそのままに何も言わなかった。ただ、涙《なみだ》を浮かべこちらを睨みつけるニイナの顔を見つめ返す。

「この状況を見てみなさいよ！」

ニイナは眉間《みけん》に深い皺《しわ》を寄せて窓の外を指さす。

「私の母が！　私の二人の父が！　人生と命をかけて守ろうとしたミレマーの未来を何の関係もない奴《やつ》らにめちゃくちゃにされるのよ！　それをこの三人の娘《むすめ》の私が！　ミレマーに生まれた私が、ただそれを見ていろって言うの？　あなたは！」

「……」

「私はこのミレマーにこの身を捧げるって決めていたの！　今日死んだ私の父グアランが目指した国を実現させるために！　だから、私は行かなくちゃならないのよ！　私の三人の親の想《おも》いを踏《ふ》みにじり、祖国ミレマーの未来を壊《こわ》そうとするスルトの剣っていう、ふざけた連中を殺しに！」

祐人はニイナの鋭《するど》い視線を全身で受けた。だが、祐人は表情を変えずに正面からニイナを見つめる。

「無駄《むだ》だよ。ニイナさん」

「……！」

「ニイナさんが一人、行ったぐらいで倒《たお》せるような連中じゃない。ニイナさんが一人、無《む》駄死《だじ》にして終わりだよ。自分で復讐《ふくしゅう》するなんて馬鹿なことを考えるくらいなら、今、自分が出来ることを考える方がよっぽどまともな考えだよ」

「……な！」

祐人の冷たい言葉。ニイナはその事実を突きつけられて片足が力なく後退《あとずさ》る。

するとと、今度は祐人が窓の外を指した。

「ただ、一人で無駄死にしてそれでいいの？　ニイナさんは。確かに今、ミレマーは大変なことになっている。でも、それこそニイナさんが見てごらんよ、窓の外を！　皆、まだ諦《あきら》めてなんかいない！　今、外にいる人たちはマットウ将軍を筆頭にミレマーの未来を掴《つか》みとろうとしているんだ！」

ニイナは窓の外で敵妖魔を迎撃《げいげき》するため、忙《いそが》しく動いているテインタンやアローカウネ、そして、マットウの姿を見つける。

だが、部外者の祐人にこのことを指摘されたことがニイナをより感情的にさせた。

「分かっているわよ……」

ニイナは手に持っている銃を床に落とした。声を震わせながら祐人に近づき至近距離で見上げる。

「本当は分かっているわよ！　私ごときが行ったくらいでスルトの剣って奴らがビクともしないことぐらい！　何の役にも立たないことくらい！　でもどうしたらいいの？　どうしたらいいのよ！　母は死んで私の父グアランは殺されたわ！　これでこのままミレマーがあの化け物たちに壊されたら、それこそ何のために父と母は死んだのよ！　それにもう一人のお父様だってこれから戦場に向かうの！　絶望的な戦いに！」

ニイナは祐人の胸に何度も何度も拳をぶつける。

祐人はニイナが今、誰にもぶつけることができない悲しさや悔《くや》しさ、そして無力さに涙している姿を見つめ、ニイナのしたいようにさせながら拳を握りしめる。

祐人は復讐を否定する少年ではなかった。

自分も復讐に心を塗《ぬ》り潰《つぶ》したことがあるのだ。

今、ニイナの激しい怒りと口惜《くちお》しさを祐人は理解できる、いや、理解できてしまう。

失ってしまった人間には……もうそれしかないのだから。

「私で無理なら誰でもいい！　誰でもいいから！　あいつらを倒してよ！　倒し……てよ」

ニイナは祐人の目の前で膝《ひざ》をつき、泣き出す。

すると……祐人は静かに口を開いた。

「じゃあ、誰かに頼《たの》めばいい。それができる奴に」

その祐人の言葉にニイナはハッと顔を上げる。

「ニイナさんは頼めばいいんだよ。全部、自分ができる必要はないんだから。ニイナさんの仕事は今後のミレマーを考えること。スルトの剣を倒すのは他の人間の仕事。だって、これからミレマーを良くするのにニイナさん一人では無理なのは分かるでしょう？　国という大きな組織を運営するには皆で力を合わせなきゃ。ニイナさんは仕事の内容によって適任となる人材に頼んでいく、という能力が必要だと思うよ」

穏《おだ》やかな口調の割に祐人の顔は真剣そのもので、今、自分が望んでいることを叶《かな》えられる人間は目の前にいる、とニイナは言外に感じ取った。

ニイナは祐人をしばし見つめると、フッと笑い、立ち上がる。

そして、祐人の胸に手を当てた。

「ふふふ、何の話をしているのよ、祐人は……」

ニイナはまだわずかに体を震わせながら気丈《きじよう》に振る舞《ま》う。

だが、先ほどよりは肩の力が抜《ぬ》けていた。

「ごめんなさい、祐人。祐人は何も悪くないのに、関係ないのを知っているのに……好き勝手言ってしまって。でも、少し落ち着いたわ……そうよね、祐人の言う通り、これでは何も始まらないわね」

ニイナは涙の消えないままの顔で笑ってみせた。

祐人はその笑顔に同世代の少女とは思えない覚悟《かくご》を見た。

それは最後まで戦うという表情だ。仇を討《う》ちたいという心を無理やりコントロールし、今、ミレマーのために自分ができることをする、という決意をしたものだった。

「でも、祐人……一言だけ言っておくわ」

「うん？」

「いい？　できもしないことを、さもできるかのように言うのは偽善よ。祐人のランクは聞いたわ。ランクDって下から三番目のランクなのよね？　それにランクAの瑞穂《みずほ》さんとマリオンさん二人ですら敵《かな》わないから、さらに上位の能力者と交代するのでしょう？　私の話を聞いてそんな気持ちになったのでしょうけど、それは良くないと思うわ」

　ニイナはそう言いながらも祐人を責めている感じではない。むしろ優しくアドバイスをしているような言い方をする。

　祐人はやわらかな苦笑いをし、ニイナの目を見て頷いた。

「それとももう一つ。祐人は優しいわ。すごく優しい。だから私もあなたに甘《あま》えて酷《ひど》いことを言ってしまったの。でも、祐人、あなたには言っておくけど、何にも得にもならなくて、それをする義務もない事をしようとするのは、ただの酔狂よ。あなたは見ている限り善良で周りに振り回《まわ》されることが多そうなんだから、あなたはそれらを断る勇気が必要だと思うわ」

　祐人はニイナの自分への注意に微笑する。

「まったく、ニイナさんの言う通りだね」

突然、ニイナは抑《おさ》えていた激情が決壊《けっかい》したように大粒《おおつぶ》の涙を流した。そして、整った顔をクシャクシャにし、大きな声を上げる。

「祐人、ありがとう！　話を聞いてくれて。そして、ごめんなさい！　あなたを叩《たた》いて」

祐人は儚《はかな》げに、だが激しく泣きじゃくるニイナを見つめると、そっと少しだけ自分に引き寄せて頭を撫《な》でた。

「気にしないで、ニイナさん。僕《ぼく》はこういうのは慣れていますから、大丈夫《だいじょうぶ》です」

ニイナは祐人の胸に額を当てると、震えるように声を絞り出《だ》す。

「祐人……私、悔しいの……自分の無力さが！　今、私の三人の親たちの紡《つむ》ぐ夢が、私と同じだと分かったのに！　私たち四人の夢を関係のない奴らに、滅茶苦茶《めちゃくちゃ》にされそうなのに！　実の父を今日、失ったのに！　私は何もできない……ただの小娘《こむすめ》なのが悔しい！」

ニイナは湧《わ》き上がる感情を抑えきれず、大声で泣き出した。

祐人はただ黙《だま》り、ニイナが落ち着くまでその小さな頭を撫で続けた。

数分、そうしているとニイナは落ち着きを取《と》り戻《もど》し、祐人はそれを見てニイナを静かに放した。

「じゃあ、ニイナさん、外でアローカウネさんたちが待っていますから」

ニイナは小さく頷《うなず》き涙を拭《ふ》くと顔を改めてしっかりとした声で返事をした。

「分かったわ。ちょっと準備をして庭に行きます。祐人も仕事があるのでしょう？　あなたは先に行ってて。私はさすがにこの顔じゃ、まずいから」

ニイナはそう言うと笑顔を作った。

祐人もニイナに笑顔を返し、ニイナが落とした拳銃を拾い上げる。

「分かりました。じゃあ、先に行ってますね」

祐人はニイナに背を向けて、部屋を後にした。


祐人がニイナの部屋を出て瑞穂たちの部屋へ歩き出そうとしたその時、横から声が掛かる。

「どこに行くんですかい？　祐人の旦那《だんな》」

祐人は歩みを止めずに声のかかった方向にチラッとだけ視線を動かした。

「ああ、ガストン……ちょっと、やることができたよ」

いつの間にか廊下の壁《かべ》に体重を預けているガストンに、祐人は驚《おどろ》くこともなく通り過ぎながらフッと笑った。

ゾクッ……とガストンは冷《ひ》や汗《あせ》が出る。

ガストンはその祐人の横顔に背筋が凍《こお》り、顔を無意識に強張《こわば》らせてしまった。

（旦那が怒《おこ》っている……心の底から）

ガストンは自分の前を通り過ぎた祐人の背を追いかけるように質問を投げかけた。

「何をしにいくんです？　旦那」

祐人は歩みを止めた。

そして、普段の祐人からは想像のできない眼光でガストンを振り返る。

「僕の偽善と酔狂を貫《つらぬ》きに行く」

この時、ガストンは祐人の答えに震えた。

だが、恐怖《きょうふ》で震えたのではない。

祐人が強い意志で出した、その祐人らしい……自分の主人兼《けん》友人の答えに震えたのだ。

するとガストンは祐人から自分にかけて欲しい言葉を心から待ってしまう。

祐人はガストンを見つめ、その口を開いた。

「ガストン……」

「……何でしょうか？」

「手伝って欲しい」

ガストンはこの言葉に自分を抑えられないほどの狂喜《きょうき》というものが全身を駆《か》け巡《めぐ》る。

「いつも危ないことをするなと言っておいて勝手なお願いをしてごめん。でも、今は友達のガストンに頼りたい。ガストンは知ってるんだろう？　〝スルトの剣〟のいるところを」

ガストンは祐人に満面の笑みを見せる。

「もちろんですよ。私は祐人の旦那がそれを聞いて来ると読んでいましたからね～。スルトの剣はここから北に位置するグルワ山中腹にある洞窟《どうくつ》にいます。もちろん、場所の詳細も行き方も調べてありますよ。いつ行きます？」

「ありがとう、ガストン。今すぐ行きたいんだ。そのスルトの剣という奴らに会いにね」

「分かりました。では、車を一台拝借しましょうか」

祐人とガストンは共に歩き出すとガストンが今ある情報から想定できることを伝える。

「スルトの剣が召喚《しょうかん》した大量の妖魔ですが移動速度を考えると二時間以内に七都市に一斉《いっせい》攻撃《こうげき》する可能性が高いです。ここからグルワ山へは車で二時間以上はかかりますから、スルトの剣を倒すまで各都市を守るミレマーの軍隊に頑張《がんば》ってもらわないといけません」

「いや、すべての都市を守るよ。一人としてミレマーの一般《いっぱん》市民に危害を加えさせない」

「だ、旦那……」

「それこそが敵のふざけたショーを潰したことになるからね」

祐人の気迫《きはく》のこもった言葉にガストンは黙るが、さすがにそれは難しいとしか言えない。

いくら急いでも敵の各都市への配置の方が早いのだ。また、たとえ敵召喚士を撃破《げきは》して

も魔力《まりょく》の注入の仕方によっては長時間動ける召喚妖魔《しょうかんようま》もいる。

祐人の性格や気持ちは分かるが、こちらには祐人の考えを成すのには手札が足らない。

すると、歩むスピードを変えない祐人は苦笑いした。

「ガストン、僕はね、人に説教をしておいて自分の言葉に気づかされたんだ」

「ほう、何をです？」

「自分にできないことは、それができる人にお願いしろって。でもそれは僕にも言えることだったんだよ。今なら分かる。僕には頼れる友人がいるんだ。ガストン！　そしてみんな！」

祐人がそう言った途端《とたん》、前方の空間が歪《ゆが》む。ガストンは突然のことで目を見開くが、この現象を知っていた。これは強大な力を持つ者が顕現《けんげん》するときに起こる空間のひずみだ。

「は～い、呼んだ？　祐人！」

「お呼びですか？　御屋形《おやかた》様」

「親分！」

「やったー！　祐人だ！」

「……（コク）」

「呼ばれて嬉《うれ》しいです～」

「ウガ！」

突然、廊下に嬌子《きょうこ》たちが現れ、心から嬉しそうに祐人を見つめている。

ガストンはいきなり賑《にぎ》やかになったのと、目の前の面々に驚いた。

すると嬌子がガストンを見つけ、物珍《ものめずら》しそうに寄ってくる。

「うーん？　あなたも祐人の友達ね」

ガストンは嬌子に値踏《ねぶ》みされるように見られて落ち着かない様子だ。

「そ、そうです、私はガストンと言います。皆さま、初めまして」

ガストンの自己紹介《しょうかい》に玄《げん》とウガロンが嬉しそうに寄ってくる。

「あ！　あんたか～、一応、あんたの存在は感じてたんだよ！　あっしらと同じ仲間がいるってね、よろしく頼みまさ～、ガストン」

「ウガ！」

「な、仲間⁉　は、はい！　今後ともよろしくです」

ガストンは仲間という言葉を聞くと嬉しそうに返事をする。

祐人が賑やかで心強い友人たちを見渡《みわた》していると傲光《ごうこう》が祐人の前に来て跪《ひざまず》いた。

「それで、御屋形様、一体、どんな御用《ごよう》でしょうか？」

傲光は心なしか生き生きとしたように祐人を見上げる。

「うん、みんなに頼みがあるんだ」

祐人がそう言うと全員が嬉しそうに祐人の言葉に集中する。

そして、祐人の言う自分たちへの頼みというのをまだかと待っているようだった。

「みんなには敵召喚士の召喚した妖魔が襲いそうな各都市に行って、この国の、ミレマーの国民を守って欲しい！」

「な～んだ、そんなことならお安い御用よ。どこに行けばいいのか、地図はある？　それですぐに行けるわよ？」

嬌子が大きく頷いて答える。

「地図か、この屋敷《やしき》ならどこかにあると思うけど……」

「あ、ミレマーの地図なら応接室の壁にありますよ、旦那！」

ガストンにそう言われ、応接室に急ぎ移動すると祐人は地図で襲撃《しゅうげき》される都市を指し示した。すると嬌子がその場で各都市の防衛担当を決めていく。

担当が決まると嬌子たちの意気が上がる。

「分かった、祐人！　私たちにまかせて！」

「（コクコク）……まかせて」

白《バイ》とスーザンもこれでもかとやる気を出している。

そこに傲光が改めて跪いた。

「御屋形様、それでは直ちに現地に向かいます」

「うん、お願い、傲光」

「それで、御屋形様はどちらへ？」

「僕はこの妖魔の大群を召喚した召喚士を叩きに……」

祐人はガストンに顔を向け頷き、北側に位置する窓の外を鋭い眼光で睨む。

「グルワ山に向かう！」

◆

ニイナは赤く腫れた目を化粧《けしょう》で整え、動きやすい軽装に着替《きが》えるとマットウ邸《てい》の大きな玄関《げんかん》の前に出てきた。

今、マットウ邸の庭は敵妖魔《ようま》迎撃《げいげき》の作戦本部となっており、多くの兵が右に左に走り回っている。その物々しさはニイナに戦場の生々しい空気を伝えるには十分で、ニイナは自身の両頬をパンパンと両手で叩いた。

自分の中に残っていた僅かな弱気を取り除くとニイナは広大な庭を見渡し、その中からサングラスをかけたマットウと話をしている瑞穂とマリオン、そして、その後ろに控《ひか》えているアローカウネの姿を見つけた。

ニイナはマットウたちのいる方向へ足を向けると、それと同時にこの庭のどこかにいるはずの少年の姿を無意識に探してしまう。

「おお、ニイナお嬢様！　こちらでございます」

こちらに近づいて来るニイナに気付いたアローカウネは、しごくホッとしたように大きな声でニイナを迎えた。そのアローカウネの声で、マットウと瑞穂、そしてマリオンもニイナに顔を向ける。

「遅《おそ》くなって、ごめんなさい、アローカウネ、それとお父様も……」

マットウはニイナに顔を向けて頷く。

「……うむ」

サングラスをかけたマットウはそれ以上何も言わなかった。

ニイナは今まで父がサングラスをつけていた記憶《きおく》はほとんどない。

だがニイナは大して似合ってもいないそのサングラスに父マットウのグアランの死に対する心の内を垣間見《かいまみ》た気がして胸が熱くなった。

きっと、あのサングラスに隠れた瞼は私と同じように腫れているのだろうと。

「それではマットウ将軍、先ほどの打ち合わせ通り、私は敵妖魔の予想進路の前面に待機していますので。じゃあ、マリオンよろしくね」

「はい、分かりました。もう準備は終えていますから瑞穂さんも気を付けて」

瑞穂とマリオンはお互いに目を合わせると軽く笑みを見せ、頷きあう。

「了解《りょうかい》した。申し訳ない、瑞穂殿《どの》、シュリアン殿、このようなことにまで巻き込んでしまい……祐人君にもよろしく伝えて欲しい」

横で会話を聞いていたニイナは祐人の名前が出てピクッと反応する。

今の話だけでは分からないが無意識に探してしまっていた少年はこの戦場の最前線に行くのだろうと想像してしまう。

「それではニイナお嬢様は、こちらに……」

軍服姿のアローカウネが執事の時と同じように恭《うやうや》しくお辞儀《じぎ》をして、ニイナにこの場からの移動を促《うなが》す。

「ちょっと待って、アローカウネ。祐人はどこにいるの？　ちょっとだけ話があるんだけど」

アローカウネはそのニイナの問いかけに口を閉ざした。

「……アローカウネ？」

「堂杜様はここにはいません」

「え？ それはどういうこと？ アローカウネ。祐人はどこに行ったの？ 街の方？」

「……街の方でもございません」

それ以上、語らないアローカウネを見てニイナは全身の体温が下がるのを感じた。そして、心を覆《おお》いつくすような嫌《いや》な予感に囚《とら》われていく。

ついさっき自分の理不尽《りふじん》な言いようにも一切《いっさい》の非難をせず、ただ静かに話を聞いてくれ、今、ニイナの出来ること、するべきことを教えてくれた少年の顔がニイナの脳裏《のうり》から離《はな》れない。

ニイナはその時に祐人へぶつけた数々の言葉を思い出すとハッとしたようになる。

まさかとは思う。

まさかとは思うが……。

ニイナはあの優《やさ》しい、周りに振《ふ》り回されてばかりの少年の困ったような笑顔《えがお》が頭に浮《う》かんだ。

瞬間、ニイナは体が自然と動き、先ほどまでここにいた瑞穂を追いかける。

ニイナは驚くマリオンの横を走《はし》り抜け、瑞穂の背中に向かいニイナらしくない大声をあげた。

「瑞穂さん！　瑞穂さん！　待って！」

瑞穂は何事かと振り返り、息を切らせながら寄ってきたニイナを見て驚いた。

「ニイナさん⁉　どうしたんですか？」

「瑞穂さん！　祐人……祐人さんはどこにいるんですか⁉」

ニイナの切羽詰《せっぱつ》まったような質問に瑞穂は表情を硬《かた》くする。

その瑞穂の顔の変化を見てニイナの不安は増していく。

だが瑞穂はそのニイナの不安を洗い流すように微笑《びしょう》をみせた。

「あいつはね、この化け物の大群を呼び出した親玉のところに行ったわ」

「なっ！」

ニイナの悪い予感は最悪の形で的中する。

ニイナはこうしてはいられないと祐人を追いかけようとしたその時……そのニイナの細い腕《うで》を瑞穂が掴んだ。

「落ち着いて、ニイナさん」

「瑞穂さん、放して！」

瑞穂の白くしなやかな腕は見た目からは想像も出来ないほど力強くニイナを放さない。

「ニイナさん、あいつなら大丈夫よ」

ニイナはその瑞穂の緊張感《きんちょう》のない声色《こわいろ》にカッとなる。

「何を言ってるの、瑞穂さんは⁉　私は聞いているのよ、この敵はあまりに強いから瑞穂さんやマリオンさんですら敵わないって！　機関からもっと凄《すご》い方が来たら瑞穂さんたちは交代するって！　それで祐人が敵うわけないじゃない！　祐人は下から三番目のランクDなんでしょう⁉」

「だから、落ち着いてニイナさん。あいつは大丈夫なの」

「何故《なぜ》、そんなに瑞穂さんは落ち着いていられるんですか⁉　何故、止めなかったんですか！　これは私のせいです！　私が祐人に余計なことを言ったから！」

「落ち着きなさい！　ニイナさん！」

瑞穂がニイナを一喝《いっかつ》する。ニイナは瑞穂の一喝に顔を歪め、怒りを露《あら》わにし、瑞穂の顔を睨もうとして……失敗した。

何故なら、自分を一喝した瑞穂が笑顔を見せていたのだ。

しかも、その笑顔は無責任な笑顔ではない。確かな自信をもった人間の笑顔だった。

「祐人は、祐人なら大丈夫なのよ」

ニイナは瑞穂の笑顔に魅入《みい》られるようにようやく気を静めた。

「何故、瑞穂さんはそんなことが言えるんですか」

「それはですね、祐人さんが大丈夫って言ったからですよ、ニイナさん」

後ろから会話に参加してきたマリオンにニイナは振り返る。

そして、目を見開いた。

それは、そのマリオンも不安というものが一切ない自信に満《み》ち溢《あふ》れた笑顔を見せていたからだ。

瑞穂はニイナの腕を放し、優しい声色で話しかける。

「ふふふ、まあ、偉《えら》そうなことを私たちも言っているけれど、最初は私たちも少し不安にはなったわよ。あ、私はマリオンと違《ちが》ってリーダーとしてよ、勘違《かんちが》いしないでね」

「瑞穂さん、それツンデレって言うんですよ。私、日本に来て学びましたから」

マリオンに茶化《ちゃか》されて瑞穂は苦笑いした。

この二人のあまりの落ち着きにニイナはまだついていけない。

「でも！　祐人はランクDって……」

「でもね、ニイナさん。私たちは知っているのよ、あいつが……祐人があの顔を見せて、大丈夫、と言った時は大丈夫なんだって。ランクD？　それは機関が勝手に決めたランクよ。祐人にそんな肩書《かたがき》は意味ないわ。特に、ああなった……あの顔を見せたときの祐人にはね」

「そうですね、あの顔になった祐人さんは意外に頑固《がんこ》だというのも分かりました」

「本当ね！　本当に生意気になるわ！　ああなると祐人は！」

ニイナはこの状況《じょうきょう》下で祐人のことを自然体で語る瑞穂とマリオンを呆然《ぼうぜん》と見つめてしまう。すると何故か、この二人の姿にニイナは胸の奥底《おくそこ》でチリッとした感情を覚えた。

瑞穂とマリオンはニイナに顔を向けて笑顔を見せる。

「だからね、ニイナさん、祐人のことは心配しなくていいわ」

「そうです。今は私たちに出来ることをしましょう。祐人さんはきっと大丈夫ですから」

そう諭《さと》すように微笑《ほほえ》んでいる瑞穂とマリオンを見てニイナは口を噤《つぐ》んでしまう。

僅かな時間が過ぎた。

ニイナは祐人への心配が完全には拭《ぬぐ》いきれなかったが頷く。

「……分かりました」

そう言いつつニイナは内心、困惑《こんわく》していた。

ニイナは何故か今、祐人のことを語る瑞穂とマリオンを羨《うらや》むような、それでいて焦《あせ》りのような気持ちにさせられたことに困惑したのだ。

（何かしら、この気持ちは……）

ニイナは自分の不可思議な感覚に戸惑《とまど》うが、この緊急《きんきゅう》事態に大きな役割を担《にな》うだろう瑞穂たちを引き留め続けることは出来ない。

ニイナは祐人の……あの頼《たよ》りない少年の顔を思《おも》い浮かべ、右手で胸の辺りを握《にぎ》りしめた。

（祐人……絶対、無事で帰ってきて）

するとニイナは力を取り戻した目で顔を上げる。

「ごめんなさい、瑞穂さん、マリオンさん、時間をとらせて。二人の言う通り、私は祐人の無事を案じながら私の出来ることをします。ありがとうございました」

ニイナは瑞穂とマリオンにお辞儀をするとアローカウネのいる方向に踵《きびす》を返した。

「……」

「……」

そのニイナの後ろ姿を瑞穂とマリオンは少々長い間、ジッと見つめた。

特に瑞穂は、それはとてつもなく、これ以上ないほどの……、
引き攣《つ》った顔で。

「ママ、マリオン……あれ見た？」

「はい、瑞穂さん、見ましたが何でしょうか？」

マリオンは微笑みながら応《こた》える。

筋肉だけを使って。

「しかも今、気づいたけど、祐人、って言ってなかった？」

「はい、言ってました。さん、がなかったです」

「マリオン」

「はい」

「祐人が帰ってきたら」

「はい、帰ってきたら」

「説教よ！！！」

「はい………大説教です！！！」

二人の闇《やみ》オーラ（霊力《れいりょく》）がバーストした。

瑞穂とマリオンが仁王《におう》のような気迫を放っているとマットウのところへ緊急連絡《きんきゅうれんらく》が入る。

「化け物の大群に動きがあります！」

その報告に瑞穂とマリオンはハッとしてお互《たが》いの顔を見合わせる。

「マリオン、私は行くわ！　ここはよろしく頼むわね！」

「はい！　瑞穂さんも気をつけて！　戦況《せんきょう》を見ながら私も前線に出ます！」

そう声をかけ合うと二人は急ぎその場から離れた。

◆

グルワ山中腹にある薄暗い洞窟の奥の奥《おく》……数億年前の地殻《ちかく》変動で形作られたドーム球場を思わせる大空間でロキアルムはニヤッと笑った。広大な空間の壁には無数の松明《たいまつ》が等《とう》間隔《かんかく》に立て掛《か》けられ、明かりを灯《とも》している。

この大空間の中心には巨大《きょだい》な魔《ま》法陣《ほうじん》が描《えが》かれており内側に祭壇《さいだん》のようなものが築かれていた。ロキアルムはその祭壇の前で跪き、魔力供給のための呪文《じゅもん》を唱え終え立ち上がった。

身につけたフード付きのコートを脱《ぬ》ぎ捨《す》て、体中に敷《し》きつめられたように描かれている不気味な幾何《きか》学《がく》模様を露わにする。

「ミズガルド、用意はいいか？」

「ヒヒヒ……いいよ？　いいよ？　ロキアルム様？　ヒヒ……定位置についたよ？」

ボロを纏《まと》ったミズガルドが返事をした。

このミズガルドは以前に瑞穂が葬《ほうむ》ったミズガルドと体形が違う。

そのミズガルドは以前のミズガルドよりも非常に大きく、より肥え太っていて、さらによく見ると褐色《かっしょく》だった肌《はだ》は浅黒く干《ひ》からびたようなざらつきがあった。

ミズガルドはボロを落とし、上半身をロキアルムと同じく外気に晒《さら》す。体中に大きな切り傷のような跡《あと》が無数にあり、その切り傷には医療用《いりようよう》ではあり得ない非常に黒く太い糸が無造作に縫《ぬ》い付《つ》けられている。

「ククク、よし見せよ！」

「ヒヒヒ、はい～？」

ロキアルムがそう指示を出すとミズガルドの傷に縫い付けられていた黒く太い糸がシュルシュルっと音をたて解けていき、傷跡《きずあと》からどす黒い血液をまき散らした。

それぞれの大きな切り傷からは血液が小さな滝《たき》のように流れて地面にまで及《およ》び、ミズガルドは呻《うめ》くように息を吐《は》き出した。ミズガルドの体中にある傷が徐々《じょじょ》に開いていき、血液だけでなく粘着性《ねんちゃくせい》の高い透明《とうめい》な液も混じりだす。

すると無数の傷が同時に大きく開いた。そこにはあり得ない大きさの眼球が現れ、ギョロギョロと不規則に動き、やがて、それぞれの方向を見つめると動きを止める。

直後、眼球から光が上空に投影《とうえい》され、ミズガルドを中心とした上方３６０度に渡《わた》ってミレマー中の都市の状況が映し出される。

「見える～？　ヒヒ、ミレマー中が見える～？」

「クックック……ハーハッハー！　妖魔《ようま》たちに怯《おび》える愚民《ぐみん》どもの姿よ！　何の能力もなく生まれ、当たり前のようにその生を貪《むさぼ》る愚《おろ》かしい無能力者ども！　貴様らの歴史の裏でどれだけの能力者たちが貴様らのために働き、表舞台《おもてぶたい》に出ることも叶わずに散っていったことか！　この無能力な愚民ども！　我《わ》が同胞《どうほう》の無念さを知れ！」

ロキアルムは吐き捨てるように声をあげ、顔に憎《にく》しみによる深い皺を作る。

そして、右前方の映像に薄暗《うすぐら》い視線を向けた。

そこには首都ネーピーからいち早く逃《に》げ出し、近衛兵《このえへい》と共に数台の車両で街の郊外《こうがい》を移動するカリグダの姿が映っている。また、その後方には軍の重鎮《じゅうちん》たちがこぞってカリグダを追いかけて高級車を走らせていた。

カリグダたちの乗る車には溢れんばかりの貴金属の入ったバッグやケース、そして現金が詰《つ》められたジュラルミンケースが所狭《ところせま》しと乗せられていた。

「……何と浅ましいことよ。民を捨て、その頭の中は自身の欲望と保身だけ。このような豚《ぶた》どもが国のトップに座《すわ》る。なんという下らなさ！　なんという低劣《ていれつ》さ！　この国の民の無能と怠惰《たいだ》が生んだ愚《ぐ》の象徴《しょうちょう》よ！」

ロキアルムは右腕《みぎうで》を上げ、カリグダの映像に向かって右手の人差し指を映像画面を横切るように左から右へゆっくりと動かした。

途端にカリグダ一行の上空から無数のガーゴイルの編隊が現れる。

映像の中ではカリグダの近衛兵たちが血相を変えてガーゴイルが現れた後方に指をさし、

指揮官らしき者が周りに指示を出しているようだった。

直後、圧倒的《あっとうてき》な数のガーゴイルがカリグダの豪奢《ごうしゃ》に飾《かざ》られた軍用車両に襲《おそ》い掛かる。

もはや戦いにもならなかった。

元々、近衛兵は少数であったのに加え、ガーゴイルが目と鼻の先に来た途端に近衛兵たちはなんとカリグダの車を置いて我先にと逃げ出したのだ。

カリグダは主人である自分を置いて逃げる自慢《じまん》の直属部隊に向かって涙《なみだ》と鼻汁《はなじる》を垂らし、何かを叫《さけ》んでいる。

そして……数秒後、数百匹《ぴき》のガーゴイルに張り付かれたカリグダの軍用車両は重量オーバーのためか、その動きを止めた。

ロキアルムは映像から視線を外し、怒《いか》りを露わにする。

「無能力者どもが。貴様らが崇《あが》めるべきは我らだったのだ！　このような豚ではなく！　我ら能力者を！　それこそが正しく！　当たり前の！　能力者へ対する態度なのだ！」

ロキアルムはミズガルドが映し出す他《ほか》の映像を見渡す。

「これよりスルトの剣《けん》は世界を震撼《しんかん》させる！　我ら人類の上位種である能力者の力を見せつけ、無能どもが支配する世界に誰《だれ》が尊ばれし存在なのかを知らしめるのだ！」

ロキアルムは両手を上げ、すべての映像に手のひらを向けた。

「この欺瞞《ぎまん》に満ちた世界に媚《こ》びる世界能力者機関も！　このスルトの剣がまとめて葬ってやる！　さあ行け、幾万の妖魔ども！　この滅《ほろ》びゆくミレマーを舞台《ぶたい》に最高のショーを世界に見せつけるのだ！」

ロキアルムの言葉を皮切りにミレマーの各主要都市郊外に配置されていた妖魔の大群が一斉《いっせい》に動き出した。不気味でおぞましい魔物《まもの》の大群を前に兵や民間人たちの恐怖と絶望の表情が露わになる。

泣《な》き叫ぶ子供たち、その手を引き幼子を抱《だ》いた女性や老人たちが都市中央部に避難《ひなん》していく。都市防衛の前線に立つ兵たちは非現実的な敵に足を震《ふる》わせて涙目になった。

「ヒヒヒ……ショー？　ショーが始まる？　ヒッヒヒ……」

ミズガルドはあらぬ方向を見て笑い声をあげ、その口から涎《よだれ》を垂らした。

各都市へ侵攻《しんこう》を指示するとロキアルムは祭壇の前にある、まるで王侯《おうこう》貴族が座るような椅子《いす》に座り、目を瞑《つぶ》り、魔力を練っていた。

ロキアルムはこの洞窟に漂《ただよ》う、何色にも染まっていない、誰のものでもない濃密《のうみつ》な魔力を息を吸い込むように体内に取り込んでいく。

（ククク、素晴《すば》らしい。何という魔力の溜《た》まり場《ば》。ここはまさに大地の織り成す魔力の生成場。光と闇、愛と不安、そして霊力と魔力。この相対的に作られた世界、宇宙の片方の側面を色濃《いろこ》く出した、この力場は我々の聖地となるに相応《ふさわ》しい……）

ロキアルムが満足そうに体を預ける椅子の横には弟子《でし》のニーズベックの亡骸《なきがら》が転がっていた。

「虐殺《ぎゃくさつ》？　ヒヒ！　蹂躙《じゅうりん》？　ヒヒヒ……その後は食事？」

「ミズガルド、お前は余計なことを考えなくて良い。お前の脳の機能はすべて妖魔の感知、操作に向けられている。我が召喚した幾万の妖魔を我の言う通りに動かせば良い。数時間もすればミレマーの主要七都市は壊滅《かいめつ》するだろう」

「ヒヒヒ……ヒヒ」

ミズガルドはすべての戦場の把握《はあく》をロキアルムに任されていた。

ロキアルムは幾千、幾万の妖魔を召喚する術を手に入れた。だが、それらを感知、操作を同時に行うのは不可能と言って良い。

そこで自我《じが》のないアンテナとして、このミズガルドが新たに作られたのだ。

この時、ロキアルムは既《すで》に今後のことを考えていた。

このミレマーを皮切りに世界に対し、どう相対していくかを。

スルトの剣にとって、そこからがスタートと言ってもよい。

ロキアルムは百年の時を、この日のために待っていたのだ。

「ヒヒヒ……ヒ？　ヒ⁉」

「どうした？　ミズガルド」

ロキアルムはミズガルドの様子がおかしいことに気付く。

「ヒヒ？　近づけない？　どこの都市にも近づけない？　押《お》し戻される？　ヒヒヒ」

「何を言っている？　ミズガルド」

「第一陣《じん》？　壊滅？　ヒヒヒ……」

「何を馬鹿《ばか》なことを言っている！　壊《こわ》れたか！」

ロキアルムは立ち上がり、ミズガルドの体から出される各都市の戦況を見た。

「こ、これは！　何だ⁉　何者だ、こいつらは⁉」

そこには化け物の大群の前に立ちはだかる男女が映し出されている。

「ヒヒヒ……歯が立たない？　ヒヒヒ……」

「いや、何だ⁉　この圧倒的な戦闘力《せんとうりょく》は！　機関からの応援《おうえん》か⁉　いや、早すぎる！　しかもこれだけの実力者ならこのロキアルムが知らぬわけがない！」

ロキアルムは先ほどまで夢想していた今後の事態など吹《ふ》き飛《と》び、驚愕《きょうがく》と理解を超《こ》えた事態に思考が追いつかない。

「人じゃない？　ヒヒヒ？　ヒヒ！　こちらの第二陣が到着《とうちゃく》？　ヒ、ヒ」

「人ではないだと⁉　では、これは擬人化《ぎじんか》⁉　間違《まちが》いない、変化《へんげ》ならばすぐに分かる。召喚……いや、召喚では無理だ！　まさか、擬人化ができるほどの高位人外と契約《けいやく》を交《かわ》した者が複数集まったというのか？　馬鹿な！　それこそあり得んぞ！」

映像にはロキアルムにとって信じられない状況が映し出されている。

だが事実、見た目は普通《ふつう》の人間と変わりのない者たちが破竹の勢いで妖魔を駆逐《くちく》していく。また、その男女の姿をした者たちの表情はまさに余裕《よゆう》の笑顔。

ワナワナと震えるロキアルムはシミの目立つ手を握りしめ、唇《くちびる》を噛《か》む。

たった今、百年もの間、待ち続け、探し、練り、そして計画は動き出したばかりなのだ。

もう何者の仕業《しわざ》などということは、この期《ご》に及んで関係ない。

「ぬうう！　まだまだ、いくらでも召喚できるわ！　見るがいい！　このミレマーすべてを覆いつくさんとする妖魔の軍団を！」

「ヒヒヒ、ここにも誰か来た……ヒヒ」

「何⁉　このグルワ山にか！　そいつは能力者か、ミレマーの連中か」

「ヒヒ……？　この中に入りたい？　ヒヒ」

「ふん、この洞窟の周辺には上位妖魔であるデーモン、ウェンディゴを五百配置させている。そんな簡単には入っては来れん。それよりも今は、こいつらの対処だ」

そう言い、ロキアルムは魔力を練りながら憎々《にくにく》し気《げ》に上方の映像を睨《にら》む。

（この圧倒的な力を持つ人外の契約者《けいやくしゃ》たちは一体何者なのだ。一体に一人の契約者と考えて七人はいる。機関が……いやそのような情報は）

「ヒッヒヒ、もう来た」

ロキアルムが思考を巡らす間もなくミズガルドが報告した。

「今……何と言った。ミズガルド」

「お前がスルトの剣か？」

突然《とつぜん》、横から話しかけられ、ロキアルムは即座《そくざ》にその場から飛び去る。

この辺りは敵と相対した時の召喚士としての経験が体に染《し》みついていた。

ロキアルムは気配すら感じさせず、ここまで自分に近づいて来た目の前の少年に、これまでの多数の戦闘《せんとう》経験から生じる最大限の警鐘《けいしょう》が無意識下に鳴らされる。

「貴様……何者だ？　小僧《こぞう》」

「ああ、そうだ。外のザコ妖魔なら片づけて置いたよ。ミレマーの美しい景観を損なう連中だったからね。まあ、全部じゃなくて残りは友人に任せたけど」

質問に答えもせず、鍔刀《つばがたな》を背負い淡々《たんたん》と話を続ける少年の声がロキアルムにとって非常に耳障《みみざわ》りに感じられる。

「何者だと聞いている！　この薄気味悪《うすきみわる》い小僧が！」

この発言にようやく少年は反応し、苦笑いを浮かべた。

「ハアー、あんたに薄気味悪いって言われるとは思わなかったよ、まったく……」

瞬間《しゅんかん》、ロキアルムが何の前触れもなく右手を前方にかざすと手のひらから無数のウィルオウィスプを召喚し、火の玉の魔霊《まれい》を少年に叩《たた》きつける。

ロキアルムは数々の戦闘を経験した能力者として不意打ちやリズム外しが戦いにおいて非常に有用であることを知っている。そして、やる時は決して手は抜《ぬ》かない。

無限とも思われるほど、ロキアルムの手からウィルオウィスプが吐き出《だ》されていく。

一体の攻撃力《こうげきりょく》はそれほどではない。だが、これだけの数を出せれば攻撃力は加算的に高まっていく。ロキアルムはまさにその数の力によって圧倒的な火力を作り出し、正体不明の少年に容赦《ようしゃ》なく叩きつける。

ついには少年の姿は無数の魔霊に包まれ視界から消えるほどの攻撃《こうげき》圧になる。

ロキアルムは魔霊を叩きつけることを続けながら口を歪ませる。

「馬鹿な小僧だ。少々、経験が浅いわ。敵を前にしては気を抜くのは死を意味するぞ！」

その時だった。

ロキアルムの耳元で声がした。

ロキアルムは瞬間、背中が冷たくなる。

そう、それは間違いなく、実際に耳元から発せられた声だったのだ。

「その言葉を返すよ、召喚士」

そのセリフを耳にした途端、ウィルオウィスプを放っているロキアルムの腕が上空に跳《は》ね上《あ》がった。その腕は空中でクルクル回転をしながら、あらゆる方向にウィルオウィスプをまき散らす。

「ハウ！　ク！」

ロキアルムはこの場にとどまることの危険を察知し、切り飛ばされた腕を顧《かえり》みずに後方に飛んだ。

「グウ、馬鹿な！　この我がぁぁ、こんな小僧に！　貴様は一体、何者なんだ！」

関節から下が無くなった右腕を押《お》さえる。

「ハッ、貴様はニーズベックの言っていた機関から応援に来た小僧か⁉」

（確か、劣等《れっとう》でただの未熟な小僧と聞いていた。だが、この戦闘力と凄みは……）

「偶然《ぐうぜん》、通りかかったランクDだよ」

「な……んだと？」

「だから、言っているだろう。僕《ぼく》はただのランクD。このミレマーに偶然来て、このミレマーの風景とミレマーの人々を心から好きになったランクDだ」

そう言うと祐人は右手に握った倚白《いはく》を強く握り直す。

「この下衆《げす》召喚士《しょうかんし》が！　このミレマーをお前の下らない思想で潰《つぶ》させたりはしない！」

するとこの祐人の言いようにロキアルムは激しく反応する。

「下らない思想だ……と？　き、き、貴様ぁぁ！　たかがランクDの劣等能力者の分際でぇぇ！　この我らスルトの剣百年の悲願を！」

だが……このロキアルムの怒りに対し、祐人の目にそれを上回る怒りの炎《ほのお》が灯された。

祐人の脳裏にグアラン、マットウ、そして……涙に頬を濡《ぬ》らしたニイナの顔が思い浮かぶ。

それはこの召喚士の言う悲願とやらに翻弄《ほんろう》された人たちの顔だった。

祐人は凄《すさ》まじい仙氣《せんき》を吹き上がらせ、その顔をまさに怒りの形相とするとロキアルムに倚白の刃先《はさき》を突《つ》き出し、気迫とともに言い放つ。

「お前にとって何の縁《えん》もなかったはずのミレマーを踏《ふ》み台《だい》にし、このミレマーにその人生と命をかけた人たちの心を踏みにじったお前は、お前だけは絶対に許さない！　お前の計画はこの劣等能力者の……このたかがランクDの偽善《ぎぜん》と酔狂《すいきょう》で！　跡形《あとかた》もなくぶっ潰してやる！」

第2章　都市防衛の神獣

首都ネーピー――

嬌子《きょうこ》は白のブラウスとジーパンという姿でネーピーの北側に位置する最も高いビルの屋上で、大群の妖魔がネーピーに向かい動き出したのを莞爾《かんじ》とした顔で見つめた。

「ふふふ……プププ！　来た、来た！」

〝嬌子！　こっちも動き出したよ！〟

「白《パイ》ちゃん、オーケーよ。みんなはどう？」

〝来やした！〟

〝ウガ！〟

〝いつでも迎《むか》え撃《う》てる〟

〝動き出しましたー、すごい数ですー〟

〝……やれる〟

「みんなやる気ね！　分かるわ～」

嬌子は嬉《うれ》しそうに妖魔の大群を眺《なが》める。

嬌子のいるビルの下では避難する市民とカリグダが逃げたことで指揮機能が不十分な軍が妖魔迎撃に向かおうとごった返している。

「そうよねぇ、祐人《ひろと》のあんなに真剣《しんけん》な頼《たの》みだもんね～。これだけのことが、こんなに嬉しいなんて私も思わなかったわぁ。じゃあ、みんな！　祐人の言いつけ通り、マットウさんの援軍《えんぐん》ってことで行くわよ！」

〝分かった！　偉そうな軍人さんに声をかければいいんだよね！〟

「そうよ、ちょっと無理があるとは思うけど声は絶対にかけておいてね。どのみち化け物どもが来ている時点で普通じゃないんだから、私たちの働きを見たらきっと喜ぶわよ～、もちろん、祐人もね」

〝心得た〟

〝はいー〟

「ふふふ、みんな分かっていると思うけど、祐人はきっと褒《ほ》めてくれるわよ？　しかも、今までにないぐらい！　もしかしたら、ご褒美《ほうび》をねだっても許してくれるくらい、かも？」

〝！〟

顔は見えないが白、スーザン、サリー、傲光《ごうこう》、玄《げん》の表情が手に取るように嬌子には分かる。

〝ウガ！〟

「さあ！　そろそろ行くわよ」

嬌子の頭の中に全員の気合が伝わってきた。

これまでにないくらいの、皆《みな》のやる気が嬌子を喜ばせる。

すると嬌子がビルの屋上の端《はし》で優雅《ゆうが》にクルリと体を回転した。途端《とたん》に衣服はゆったりとした着物姿に変わり、眼前には嬌子の身《み》の丈《たけ》くらいの大きさの扇子《せんす》が出現する。

嬌子は金や銀、朱色《しゅいろ》のあしらわれた雅《みやび》な巨大な扇子を手にすると、空気を薙《な》ぐようにその扇《おうぎ》を広げて、街に迫《せま》る妖魔の大群の方向にさし示した。

「祐人一家、出陣《しゅつじん》よ‼」

嬌子の明るく、大きな声がミレマーの首都ネーピーに響《ひび》き渡った。

◆

ミレマーの古都ピンチン――

「テマレン将軍！　化け物どもが動き出しました！」

この未曾《みぞ》有《う》の非常事態に緊急に設置された司令部へ若い兵の悲鳴ともとれる報告がなさ

れた。

　このピンチンは妖魔たちに襲撃《しゅうげき》されそうな都市の中で最も早く市民の避難と化け物迎撃《げいげき》の準備が指示された都市であった。

「来たか……。すぐに迎撃！　砲兵《ほうへい》部隊に命令を！　演習通りにやればいい！　市民の避難はどうなっているか？」

「ハッ！　市民を街中央にある建物にそれぞれ避難はさせていますが、未《いま》だにすべては済んではいません。あのような化け物を前に市民の混乱も頂点に達しており、市民の誘導《ゆうどう》にも多くの兵を割《さ》けない状況もあり……」

　テマレン少将はミレマー軍事政権において経験豊かで実戦《じっせん》経験もある老将である。この理解不能な事態にも兵たちが無用な混乱をきたしていないのは、このテマレンの兵の掌握《しょうあく》が行《い》き渡っている証拠《しょうこ》とも言えた。

「仕方あるまい。私もあのような化け物を見るのは初めてなのだからな」

「将軍……この状況、我々は一体どうすれば。ネーピーの総司令部は既に逃げ出したという情報も入って来ています」

　兵のこの発言に狼狽《ろうばい》と弱気を見てとったテマレンは一喝した。

「狼狽《うろた》えるな！　貴様は何のために軍人となったのだ！　栄達か！　それとも、ただ惰眠《だみん》を貪り、ただ飯を食うためか！」

テマレンの叱咤《しった》に司令部にいる兵たちは背筋を伸《の》ばす。

「いつもお前たちには言っているはずだ！　悩《なや》んだときは原点に帰れ！　軍人の本分を思い出せ！　いいか、あの化け物どもがこのピンチンに迫っている。どのような連中かは分からんが、喜んで招いて良い連中には見えん！　そして私たちはこの街を守る軍人だ。この状況で我々のすることは何だ！」

「ハッ！　市民の安全を最優先させ、この街を外敵から守ることです！」

「そうだ！　やるぞ！　私も前線に行き兵を鼓舞《こぶ》する！　もはやネーピーの総司令部はもの役には立たん！　お前たちは近隣《きんりん》の町に駐留《ちゅうりゅう》している兵たちにも連絡《れんらく》して応援を要請《ようせい》しろ！」

「了解《りょうかい》いたしました！　しかし、将軍、最も近い町のトルテに駐留しているのはマットウ派の部隊です。こちらの呼びかけに応じるでしょうか？」

「このミレマーは我々の祖国だ！　マットウ派も軍事政権もない！　このような状況下で下らんことを言っているならば放っておけ！　そのような者たちに未来などないわ！」

テマレンは立ち上がると堂々とした態度で司令部を出る。テマレンの部下たちもそれに続き、この老将軍の背中を畏敬《いけい》の念を込めた目で見つめていた。

テマレンは数百年前に築かれた古都ピンチンの城壁《じょうへき》に設置した司令部から城壁の外を望んだ。城壁に沿って展開した砲兵部隊とその先から黒く蠢《うごめ》くように迫る化け物たちを睨み、固唾《かたず》をのんだ。

「そこの御仁《ごじん》。あなたがこの街の司令官ですか？」

その司令部を出たところで突然、テマレンは見たこともない美丈夫《びじょうふ》に声をかけられ目を見張った。テマレンの部下たちはよそ者の出現に驚《おどろ》き、テマレンを守るように前に出て拳《けん》銃《じゅう》を構える。

「貴様！　何者だ！　どこから入ってきた！　それは……貴様、その槍《やり》を捨てろ！」

「いや、申し訳ない。驚かせるつもりはなかった」

傲光は顔色を変えずに頭を下げる。

テマレンはこの場違《ばちが》いとも思える目の覚めるような美青年に顔を向けた。

「お前は何者だ？　見たところミレマー人でもなさそうだが……」

「私はマットウ将軍の友軍である祐人様に仕える者。その主《あるじ》の命令でこのピンチンを守るあなたたちに加勢に来ました」

「は？」

テマレンをはじめとした兵たちは傲光の言葉に呆《ほう》けてしまう。

「マットウだと？　その友軍の……ヒロトというのは聞《き》き及んだことはないが、加勢に来たというのは、それは本当か？」

「そうです。私はあの妖魔どもを撃滅《げきめつ》し、市民を守るように命令を受けました」

「将軍、こいつは怪《あや》しいです！　貴様！　その槍を捨てて地面に伏《ふ》せろ！　言うことを聞かなければ撃つ……」

「待て！　貴様はマットウの命令で来たと言ったな。それで貴様の兵はどこにいる？」

「加勢に来たのは私だけです」

「何だと……？　お前一人だというのか？　阿呆《あほう》が！　気でも狂《くる》っているのか！　それともその話が本当なら我々を馬鹿にしているのか！　マットウの小僧は！」

「司令官殿《どの》、このように話をしている時間はないはずです。信じられないと言うならば、それでもいい。ただ主の命により伝えておきます。これから私があの妖魔に突っ込みます。あなたたちは私の撃ちこぼした妖魔をお願いしたい。そして街と市民の防衛を頼みます」

「は？　おい、貴様は何を言っている⁉」

傲光は体を妖魔の大群が迫ってくる方向に翻《ひるがえ》し、テマレンたちに背を向けた。

そして、光《ひか》り輝《かがや》く槍を片手で構え、妖魔の大群を睨む。

「我が名は傲光！　堂杜《どうもり》祐人様ただ一人を主人として仰《あお》ぎ、その主の威光《いこう》と慈悲《じひ》をこの地に広げるためだけに刃《やいば》を剥《む》く者！　妖魔ども、我が主の怒りを受けるがいい！」

傲光は目を吊《つ》り上げ、ニヤリと笑う。

「傲光、推《お》して参る！」

言うや、傲光はテマレンの前で信じられない跳躍《ちょうやく》を見せ、テマレンの砲兵部隊を軽々と飛び越《こ》し、妖魔の大群に向かい疾走《しっそう》する。

「ああ！　おい！　な、何と言う……。何者なんだ！　あいつは……将軍」

「ふむ……分からん」

「あれは、あれか？　日本人か？　サムライってやつではないのか？　大分、頭は吹っ飛んでいるが……本当に一人で突っ込む気なのか？」

「サムライか……そういえばマットウのところには、マットウの護衛のために数人の日本人が来ていると聞いたな」

傲光の盛り上がりに置いていかれている感のあるテマレンたちは、その場に取り残されたように既に極小になった傲光の姿を見つめる。

テマレンの砲兵部隊の兵たちも、突然、後方から自分たちを飛び越し、疾風《しっぷう》のごとく前方の化け物どもに突っ込んでいった人影《ひとかげ》を見て騒然《そうぜん》としていた。

テマレンは我を取り戻《もど》すと視界に広がる遠方の敵妖魔の数を改めて見て表情を引《ひ》き締《し》め、

眉間《みけん》に力が入る。まだ遠方ではあるが、化け物どもが放つ異様な気配は実戦経験豊かなテマレンですら肝《きも》を冷やすものだった。

テマレンは素早《すばや》く指示を出す。

「砲撃《ほうげき》準備！　一斉に打ち込むぞ！　敵をピンチンに近づけさせるな！　徹底的《てっていてき》な砲撃で、できるだけ化け物どもの戦力を削《けず》り取れ！」

「ハッ！　既に砲撃準備は出来ています、将軍！」

「うむ！　では……」

テマレンはその目を凝《こ》らして妖魔の大群の方向を見ると双眼鏡《そうがんきょう》で確認《かくにん》する。

その双眼鏡に先ほどまでここにいた傲光の背中が見えた。それは人の足で移動できるスピードではない。テマレンはその超人的《ちょうじんてき》な姿にも困惑したが、それよりも本当に一人であの化け物どもに突っ込もうとしている、青年に目を奪《うば》われてしまう。

正直、邪魔《じゃま》で仕方がない。

ましてや、手を抜くことなど出来る余裕も考えもない切迫《せっぱく》した状況だ。

だが、あのサムライのような青年はどのような理由があれ、たとえ頭がおかしくとも、このピンチンの防衛のためにあの化け物に突撃《とつげき》しているのだ。

そう、たった一人で。

「おい、初撃の砲撃は中央を避《さ》けて左右に延びた敵の両翼《りょうよく》に集中させろ」

「は？　はい！」

「あの馬鹿サムライの背後から撃ち込むのはさすがに目覚めが悪い！　援護《えんご》してあの馬鹿が帰ってくる時間を稼《かせ》いでやれ。マットウのところに来た日本人の仲間かもしれんしな」

「ははは！　確かにそうですね、分かりました！　全軍、砲撃用意！　狙《ねら》いは敵の両翼だ。中央は撃つなよ！　先ほど俺《おれ》たちを飛び越えて行ったのは我々に加勢しに来た馬鹿サムライだ！　あいつは多分、阿呆だが我々のために敵に突っ込む気らしい！　生き残るかはあいつの運次第《うんしだい》だが、我々の砲撃に巻き込むのは忍《しの》びない！」

　この命令に覚悟《かくご》を決めていた兵たちから思わぬ反応が起こる。

「サムライ？　ミレマー人でもない？　さっきの奴《やつ》か？」

「さっきの飛び越えて行った変な奴か？　日本人だったのか⁉」

「俺たちのために？　馬鹿だな！　馬鹿すぎる！　俺なんか、ここにいるだけでちびりそうなのにな！」

「たった一人で？　あの気持ち悪い化け物に⁉　ははは！　オーケーだ！　そういう馬鹿は嫌《きら》いじゃない！」

　先ほどまで静まりかえっていたテマレンの兵たちに活気が生まれた。

相手は本当に現実なのか、とも思える化け物どもだ。その気味の悪い敵の強ささえ分からず、生きて帰って来られるのかさえ分からない状況《じょうきょう》。兵たちの不安や恐怖《きょうふ》は非常に大きなものだった。それが今、兵たちの間に笑顔《えがお》すら生まれた。

テマレンは兵たちの反応に苦笑いをする。

そして、砲撃の合図を送るためにテマレンは右手を上げた。

テマレンは双眼鏡で敵との距離《きょり》を確認しながらタイミングを計る。

このような状況なのだが、テマレンは傲光を無意識に追ってしまう。

テマレンは傲光を見つけた。

その傲光が槍を右手と背中で挟《はさ》むように大きく振《ふ》りかぶったのが分かる。

「撃てぇ――――!!」

テマレンの号令一下、一斉に砲撃が始まった。

砲弾《ほうだん》は計算された放物線を描き、妖魔の大群の両翼に向かう。

テマレンは双眼鏡で着弾《ちゃくだん》を確認しなければならないが、どうしても傲光にその双眼鏡を向けてしまう。砲撃の着弾と同時に傲光が地平線を覆《おお》い尽《つ》くさんがばかりの敵妖魔の大群の中央に接触《せっしょく》する。

部隊から放たれた砲撃の着弾の瞬間、テマレンは信じられない光景を見せつけられる。

今、敵妖魔たちの両翼がこちらの砲撃で数十体吹き飛んだのが見えた。

だが……傲光が突っ込んだ敵の中央は、その砲撃の数倍の数の妖魔が細切れになり、さらにはその砲撃の爆風《ばくふう》よりも高く上空に吹き飛んだのだ。

テマレンの兵たちはこの光景に目を見開き、口も力なく開いてしまう。

テマレンも同様だ。

もはやテマレンの戦場での常識が目の前で進行形で壊されていく。

傲光は中央に突っ込んだ後、敵の陣容《じんよう》の厚いと思われる右翼《うよく》に向かい移動し、その槍の一振《ひとふ》りで妖魔数十体を吹き飛ばしながら、まさに国士無双《こくしむそう》の働きを見せている。

「あ、あれはサムライが……？」

「か、勝てる！　これなら！　あのサムライがいれば！」

「うおおお！　すげーよ！　これなら俺の家族も守れる！」

テマレンは兵たちの歓声《かんせい》で我に返った。

信じられない光景だがこれは夢ではない。

テマレンは頭を切《き》り替《か》えた。いや、切り替えることができたのも、既に妖魔という化け物を視認《しにん》、そして確認していたことからこの非常識も受け入れることができたといえる。

「砲兵に連絡！　サムライが移動した反対側の左翼《さよく》に砲撃を集中させろ！　サムライを援

護しろ！　砲撃は常にサムライのいる場所を避けて、サムライの邪魔をしないところへ自由に砲撃して構わん！」

「は、はい！」

「それとミンラに連絡！　マットウ准将《じゅんしょう》に全軍の総指揮を委譲《いじょう》すると伝えろ！　俺たちピンチン全軍はネーピーから逃げたカリグダの野郎《やろう》どもを捨て、最高の援軍を送ってくれたマットウ准将につく！」

「は？」

「不服か？」

「とんでもありません！　すぐにミンラに連絡します！」

「うむ、頼む！　あとはサムライをトレースしろ！　サムライも疲《つか》れるかもしれん、その時は我々の出番だ！　あのサムライは我々の生命線と考えろ！」

「はい！」

テマレンの号令にピンチンの兵たちが、連動し動きだした。

ミレマー第三位の都市タルケッタ――

「ウガロンは敵に体当たりするだけでいいですぜ！　後はあっしがやりやす！」

「ウガ！」

ウガロンは敵妖魔のひしめき合う地点を狙い、ただ走り回る。

その辺にいる雑種犬が化け物の間をじゃれて遊んでいるようにしか見えないシュールな光景だが、ウガロンの通り過ぎたところにいた妖魔たちは、まるでゲームで倒《たお》されたモンスターのように塵《ちり》となり霧散《むさん》した。

「ウガロン、いい働きっす！　よーし、行きまっせ！　伸びやがれ！　水遁《すいとん》、水獄《すいごく》！」

玄がその丸太のような両腕《りょううで》で地面を叩く。

すると、地面から数十の巨大《きょだい》な水柱がタルケッタの西側に等間隔《とうかんかく》で吹き上がる。

「そうら！　行け！」

その水柱はまるで巨大な水の鉄格子《てつごうし》のように上空に伸び、前方に移動を開始する。

移動中、水柱は左右にある水柱に格子状《こうしじょう》に連結し、上空のガーゴイルを含《ふく》め地上にいる妖魔数百体を囲うように包囲し、徐々《じょじょ》にその大きさを縮小させた。

水の巨大な監獄《かんごく》に囲われた妖魔たちは離脱《りだつ》を試みようとその水に触《ふ》れる。すると触れたところが超水圧《ちょうすいあつ》で拉《ひしゃ》げ、骨ごと粉砕《ふんさい》されてしまう。

この巨大な超水圧の檻《おり》がタルケッタの西側にいくつも築かれ、さらにその檻が縮小すると妖魔《ようま》たちを巻き込みつつ地面に消えていく。

「た、隊長！　あれは！　我々はどうすれば！」

「分からん！」

「……は？　隊長？」

「ミンラのマットウ将軍に連絡！　応援に感謝し、マットウ将軍に帰順すると伝えろ！　後のことは分からん！　取りあえず、あの犬とオッサンの機嫌《きげん》だけは損ねるな！」

「は、はあ」

「他のことは俺にも分からん！　いいか？　絶対に質問はするなよ！」

「は、はい！」

若いタルケッタの参謀《さんぼう》は必死の形相で釘《くぎ》を刺《さ》してくる上官に声を裏返して返事をした。

工業都市ソーロー――

「行きますー」

純白の翼《つばさ》を広げ、その柔和《にゅうわ》な顔とは不釣《ふつ》り合《あ》いな巨大デスサイスを握《にぎ》るサリーは空を覆わんばかりのガーゴイルに相対していた。

ガーゴイルの凶悪《きょうあく》な爪《つめ》が生えた翼の羽音が地上にいる人間たちの恐怖心《きょうふしん》を煽《あお》りに煽る。

だが、そこに忽然《こつぜん》と現れたサリーはその神々《こうごう》しい姿だけでソーローの市民や兵たちを恐怖心から解放していく。

「えい！」

サリーが間の抜けた声でデスサイスをガーゴイルたちへ向けて横に薙いだ。

すると、街の境界線に迫り、人間たちを上空から襲《おそ》わんとしていたガーゴイルの大群は蚊《か》が殺虫剤《さっちゅうざい》を直射されたようにポトポトと浮力《ふりょく》を失い落ちていく。

「ふー、祐人さんのご褒美がかかってるんですー。ここは通しませんし、皆さんも守りますよー」

サリーはそう言うと眼下で自分に注目しているソーローの市民と兵たちに手を振ってニッコリと笑った。

「あぁあ、女神様《めがみ》だ！　ソーローに女神様が！」

「綺麗《きれい》……お母さん！　あそこに天使様がいるよ！」

「奇跡《きせき》を見た……あの笑顔、奇跡です」

「いいか！　女神に化け物を近づけるな！　あれはソーローの守り神だ！」

「おお！」

サリーに向かい、ソーローの市民たちも必死に手を振る。

「ああ、私は死神なんですけどー、すごい喜んでくれて嬉しいですー」

ミレマー港湾《こうわん》都市パサウン――

パサウンはミレマー最南端に位置し、最大の軍港がある都市である。

妖魔に襲撃された都市の中で最も危機的だったのはここであったろう。

「住民の避難状況《ひなんじょうきょう》は？」

「はい、ようやく始まったようです」

「急がせろ」

アウンナイン大佐《たいさ》は自ら現場最前線に出て指揮をするつもりで、目の前の港から広がる海を険しい顔で睨んでいる。

パサウン基地防衛の命令を受けた時には耳を疑い、他都市の映像を見た時はCG映像かと思ったが、本物と理解すると冷たくなった背中がいまでも続いている。

アレと戦うのか、と。

「アウンナイン司令官、見てください！」

共に車両に乗る兵が信じられない、と海上に向かって指をさした。

なんと遥《はる》か前方の艦艇《かんてい》は数えきれないガーゴイルたちに取りつかれ、海に浮《う》かぶ黒い塊《かたまり》になると大きな閃光《せんこう》とともに爆発《ばくはつ》し炎が上がった。

あそこには同胞《どうほう》が七十人は乗っていたが、もう助けるタイミングも余裕も失った。

「クッ、化け物どもめ。狼狽えるな！　全員、配置につけ！　ロケットランチャーの準備！」

命令に兵たちは動きだすが明らかに士気は低い。得体のしれない、現実離《ばな》れした化け物と突然、戦えと言われているのだ。兵たちにしてみればあの化け物は何なのか、何が目的なのか、自分たちの武器で倒せるのか、分からないことが多すぎる。

「早くしろ！　こちらに向かって来ているぞ！　上陸される前に叩き落《お》とすんだ！」

アウンナインは兵たちの疑問や恐怖心は理解できるが、今は化け物と戦うしかない。

「うん？　あれは何だ。海面に影《かげ》が……おい、双眼鏡を貸せ」

「は、はい」

眉根《まゆね》を寄せたアウンナインは双眼鏡の視界を彼方《かなた》上空にいるガーゴイルから下方の海の方向、さらに手前の海に移していく。

「ななっ!?」

アウンナインは生まれて初めて絶望で震《ふる》えた。

海面の影はガーゴイルのものだけではなかった。海中にも海洋生物ではない何かが、大群でこちらに向かって来ている。しかもそれらはガーゴイルよりも速く、海面の乱反射の中に赤黒い光を無数に混ぜ込み、あと数分で上陸してきてもおかしくない距離まで迫っている。

「おい！　海中からも大量に何か来ているぞ！　機関銃《きかんじゅう》を前面にセット！　急げ！」

そこに前方の桟橋《さんばし》の先端《せんたん》を人間のものではない大きな手が掴《つか》んだ。

「ああ、あそこ！　ば、化け物が来ましたぁ！　で、でかい！」

前衛の兵が裏返った声で叫《さけ》ぶ。先行していた一匹《ぴき》の妖魔がついに現れ、そのおぞましい姿を兵たちに見せつけた。体長は2メートルを超え筋骨隆々《りゅうりゅう》、瞳《ひとみ》のない赤い目で鮫《さめ》のような顔をしている。

「クッ、撃て撃てぇぇ!!」

前衛の兵たちが部隊問わずに一匹の妖魔を撃ちまくる。皆、恐怖で我を忘れたように過《か》剰《じょう》とも言える銃撃《じゅうげき》が先陣《せんじん》を切ってきた妖魔に集中し、まさにハチの巣となる。

ところが……妖魔は歩みを止めなかった。表情は読めない。しかし、数百、数千の弾丸《だんがん》を受けながら前に進み叫び声《ごえ》をあげる。

「来るな、来るな、来るなー！」

「まだくたばらねーのかよー!!」

「倒れろ！　倒れろ！　倒れろよ！　何なんだよ！」

たった一匹の敵に攻撃を加えている側が大いに取り乱す。

そして、ようやくにして妖魔の足は止まり、凄まじい銃撃に原形を残さぬ姿で倒れた。

現場にいるパサウン基地の将兵を一瞬《いっしゅん》の静寂《せいじゃく》が支配する。

このとき恐怖に支配された誰《だれ》もが同じことを考えた。撤退《てったい》すべきではないか、と。

アウンナインも言葉を失い、その場で立《た》ち尽《つ》くす。

（こ、ここまで手強《てごわ》いのか……。だがここで退《ひ》いてどうする？　今から街まで退いて住民を避難《ひなん》させながら戦うことが可能か？　いや、できるわけはない。今の兵の練度と士気ではむしろ、そのまま部隊が瓦解《がかい》してしまう）

おそらくアウンナインの考えは正しい。今、撤退の命令を下せば我先にと逃《に》げてしまうだろう。

パサウンは国内で最も安全な基地と言われてきたのだ。理由は民主派マットウ准将の主な勢力はミレマーの北に位置している。そのためミレマー最南端のパサウンは万が一、内戦が勃発《ぼっぱつ》してもいきなりどうこうなる都市ではない。

そのため、軍事政権の重鎮《じゅうちん》たちの親族や子弟《してい》が最も多く配属されるところでもある。そういう背景もあり、練度が低いのはお察しである。

だが、アウンナインは覚悟を決めた。

今はもう軍事政権重鎮の子弟たちに気を遣《つか》う時も政治的な話をする時も過ぎている。

（ここで戦わなければミレマー軍人として誇《ほこ》れるものがなくなる！　我々は住民を逃がす時間を稼ぐ！）

「ボケっとするな、次に備えろ！　あの程度は想定内で作戦を組んでいる。貴様らは基地に土足で侵入《しんにゅう》する不逞《ふてい》の輩《やから》を蹴散《けち》らせばいい！」

かつてアウンナインは「時には指揮官は嘘《うそ》もつかなくてはならない」と書かれた本を読んだことがあったが、まさかそれをこの安全なパサウンですることは思っていなかった。

指揮官の指示を聞いた兵たちは我に返り、そうなのか？　と顔を見合わせた。

「配置につけ！　化け物を街に入れるなよ！」

大量のガーゴイルが上空から基地テリトリーに侵入し急降下を開始する。

海中からは数百体の妖魔が基地沿岸部に姿を現し、それにとどまらず後続から薄気味悪い連中が湧《わ》き出《で》てくる。

兵たちはさっきの化け物が複数現れただけで恐怖したが、アウンナインの事前の命令で何とか踏みとどまった。

これからまさに総力戦になるとアウンナインは悲壮《ひそう》な決意を固め、前を向く。

しかし、やはり相手が化け物と理解した兵たちは極度の恐怖で動きが鈍《にぶ》い。

指揮官であるアウンナインとてあれは恐《おそ》ろしい。だが、ここを自分たちが退いた後、パサウンの街がどうなるかくらいは分かる冷静さはあった。

「いいか、ここで抑えなければ一気に基地が落とされ、家族のいる街にもあの化け物どもがなだれ込むぞ！　私たちがここで戦わずして誰が戦うのか！」

鬼気《きき》迫《せま》る上官の声色《こわいろ》と命令の内容にようやくにして兵たちの顔に緊張《きんちょう》と使命感の表情が現れる。

「行くぞぉぉ、撃てぇぇぇぇ!!」

決死の攻撃《こうげき》が始まる。

この時……アウンナインの想像をはるかに超《こ》えることが起きた。

海中から上陸していた数百を超える化け物たちが全身、炎に包まれたのだ。

数百の銃弾《じゅうだん》を受けても倒れなかった化け物が苦しみ悶《もだ》え、動くこともできずに塵となっていく。

さらには上空から突入《とつにゅう》してきた多数のガーゴイルがまるで花火大会のクライマックスのように閃光を上げて爆発し、墜落《ついらく》していく。

そのあまりに強い火勢は海風に乗り、遠くこの部隊まで熱が届いてきた。

「…………え？」

攻撃命令を出したアウンナインが目を剥く。兵士たちも同様だ。

(あ、あれ？　こんなに強かったか？　私の部隊は。いや、というより敵があのようなダメージを負う武器を装備していたか？)

もちろん否である。

そもそも司令官の知らない武器がある訳がない。

アウンナイン他、すべての兵たちが呆然《ぼうぜん》とそれを見つめる。

何が起こったのか、何によって起こされたのか、理解が追いつかないという様子で自分の武器を眺めて首を傾《かし》げたりしている。

すると……気のせいか、アウンナインは周囲の気温が高くなったように感じた。

「し、司令官！　あそこに民間人が！」

「何だと!?」

部下の指摘《してき》で見れば、前方の桟橋の直前に少女が立っている。

その小柄《こがら》な少女は目の覚めるような赤髪《あかがみ》をしており、遠目でもそれが分かる。

「……間に合った」

少女は無表情ではあるが、どこかホッとしたように呟《つぶや》く。

一方、防衛隊は突然《とつぜん》、最前線の最前に民間人が現れて慌《あわ》てた。

「ど、どこから入ってきたんだ！　誰か早く連れてこい！　化け物が大量に来ているんだぞ！」

何故《なぜ》、さっきの攻撃で化け物どもを倒せたかは分かっていないが、炎《ほのお》で塵となった敵は総数からみればまだごく一部なのだ。

直後、眼前の桟橋の先から再び、先ほどとは比べ物にならないほどの数の妖魔が現れる。

さらには上空に控《ひか》えている数千のガーゴイルが速度を上げて突入してきた。

まるでこれからが本番と言わんがばかりの圧力を受ける。

「なっ！　全軍、迎撃しろ！」

アウンナインは目を見開いて攻撃の命令をするが、射線上の中央に女の子がいるために攻撃が始まらない。

アウンナインは頭に血を上らせた。なんという素人《しろうと》集団か、と。

たしかに民間人が巻き込まれるというのはあってはならない。だが、状況を見れば優先順位は一目瞭然《いちもくりようぜん》だろう。我々は街を守る軍人なのだ。

ここで戦わなければ自分たちも死に、街の市民も死ぬ。

赤髪の少女には申し訳ないが、このような緊急《きんきゆう》時に軍施設《ぐんしせつ》に不法侵入してきたのが不運だったと諦《あきら》めてもらうしかない。責任は自分が取る。

「馬鹿者《ばかもの》どもぉぉ！　早く攻撃をしろぉぉ！」

アウンナインが、声帯が切れんばかりの声を張り上げる。

——その時だった。

突如《とつじょ》、赤髪の少女の華奢《きゃしゃ》な背中から深紅《しんく》の翼が出現した。

その翼はとても大きく、左右に10メートル以上広がる。そして、まるで兵士たちを守るように化け物どもの姿がその深紅の翼に隠《かく》れた。

少女の目が紅《くれない》に染まっていき、両の翼を海の方向にはためかせた。

「邪魔……」

一言だけそう呟くと……少女から発する赤い風が正面へ扇状《おうぎじょう》に広がり、巻き込まれた大量の敵妖魔が炎に包まれる。その熱量は凄《すさ》まじく、背後にいる防衛部隊にも熱が伝播《でんぱ》してきた。

傍観《ぼうかん》することしかできないパサウンの兵たち。

そこにいるすべての人間が息をのみ、いや、夢心地《ゆめごこち》でこの情景を見つめている。

いとも簡単に妖魔たちを焼却《しょうきゃく》していく赤髪の少女。

すると少女は「あ……」と何かを思い出したような顔をしたと思うと体を翻して可愛《かわい》ら

しい小走りでこちらに向かってきた。

兵士たちは赤い髪と翼を生やした少女に怯《おび》えるが、至近で見ると……少女のビスクドールのような整った顔に息をのんでしまった。

そこには人とは思えぬ美しさがあったのだ。

赤髪の少女スーザンは一人の兵士の前に立った。

「道に迷って……遅《おそ》くなった。これは内緒《ないしょ》でお願い……」

「は？　そ、その……はい」

おどおどする兵士はスーザンの言っている意味が分からない。

スーザンは最前にいる兵士の前まで来ると赤を基調としたドレスのポケットに手を入れ、一枚の紙を取り出して呆然とする一人の兵士に差し出した。

「こ、これは？」

「一番、偉《えら》い人に……渡《わた》して」

そう言うと赤毛の少女は深紅の翼を広げた。

「ヒッー！」

スーザンは腰《こし》を抜《ぬ》かす兵士に構わずに飛び上がると無表情のまま兵士たちを見下ろす。

「離《はな》れてて……そうしないと、みんな燃える」

「君は……いえ、あなた様は何者なんですか⁉」

「と、飛んでる⁉」

「みんな燃えるって……？」

「ゆ、夢でも見ているのか？　俺は」

途端にスーザンの深紅の翼が深紅の炎に変容していき、そして妖魔の大群の方に指をさした。

「ご褒美《ほうび》のため……ちょっと本気出す」

スーザンはロケットのように上空に飛び去り、直角に曲がるとガーゴイルの群れの中央に突っ込んでいった。取り残された兵士はスーザンに渡されたメモを握りながら呆然と見送った。

瞬時《しゅんじ》に空高く飛び上がったスーザンは自ら飛び込んだガーゴイルの群れの中心に入りこむ。そのあまりのスピードはガーゴイルの反応速度を優に凌駕《りょうが》していた。

〝私は……南より来《き》たる邪《じゃ》を焼却する〟

詠唱《えいしょう》のようで詠唱ではなく、まるで世の理《ことわり》を説明しているかのようなスーザンの様子は荘厳《そうごん》にして静謐《せいひつ》。スーザンを目で追っていたすべての兵士たちが、その場で礼拝《らいはい》の衝動《しょうどう》に駆《か》られてしまう。

これこそが神気であると気づいた者はほとんどいない。

だが皆《みな》、災《わざわ》いを成す妖魔を前にして恐れや不安が彼方へ消え去っていくことだけは感じとる。

スーザンの深紅の目が緋色《ひいろ》を帯びると炎の翼と両手をグンと左右に広げた。

「祐人のお願いは好き……叶《かな》えてあげたい」

直後、大熱量を含んだ爆風がガーゴイルの大群の中心で吹《ふ》き荒《あ》れる。アウンナインを始めとした兵士たちは化け物が灰となり塵となる光景をただただ見せつけられることになる。

さらには……その熱風はアウンナインと兵士たちに襲い掛《か》かった。

「え⁉　熱《あ》ちぃ！」

「ぐわ――！　みんな伏せろ！　目を庇《かば》え！」

熱風が通り過ぎた後、最前線の兵士たちの顔が青ざめる。何故《なぜ》なら、スーザンがまだ何かをしようとしているのが見えたのだ。

「ちょっ！　またなんかやるぞ⁉」

「げえええ！　なんかヤバイって！」

この状況を見たアウンナインが咄嗟《とっさ》に叫ぶ。あの人智《じんち》を超えた少女が何者かは分からないが、前線の兵士と同様に非常にまずいことが起きそうな予感が走ったのだ。

「退《ひ》けぇぇ！　とにかく海から離れろぉぉ！」

命令が早いか、行動が早いか、というくらいのタイミングで全軍が脱兎《だっと》のごとく後退する。

すると逃げる兵士全員が自分の背中が温かくなるのを感じた。

この時、今振り返《かえ》っては絶対駄目《だめ》だと皆が直感し、脇目《わきめ》も振らずに走り続ける。

その中、ある者が勇気を振り絞《しぼ》り……もしくは無謀《むぼう》にも後ろを振り返った。

そこに見えたのは……

先ほどよりも炎の翼が大きく広がり、下方に両の手のひらを突《つ》き出《だ》すスーザンの姿だった。

眼下の海面を見つめるスーザンは無表情だが、分かる者ならスーザンの口元が緩《ゆる》んでいることに気づいただろう。もちろん、それに気づくのは嬌子たちや祐人ぐらいだろうが。

というのも今、スーザンの脳裏《のうり》には自分を褒《ほ》めたたえる祐人が浮かんでいた。

祐人はスーザンの頭を撫《な》でながら優《やさ》し気《げ》に笑うのだ。「よくやったね、スーザン」「さすが僕《ぼく》のスーザンだ」と、自分の気が済むまで撫で続ける。

なんと素晴《すば》らしく素敵《すてき》なことか。

スーザンはこれら妖魔をすべて倒せばきっと手に入るものだ、と、今、決めた。

「……倒す、全部」

言うや海に向かって大霊力《れいりょく》が解放された。

一瞬、海に特大の穴が空いた。

こう表現すると誰しもがおかしなことを言うと感じるだろう。しかし、この光景を見ればそう言わずにはいられない。

さらに非常識なことを言えば、これが事実だということだ。

スーザンの放った一撃《いちげき》は海中にいる数多くの妖魔たちを海ごと消し去ったのだ。大量の高温の水蒸気が発生し周囲の視界を奪う。

この時、後ろを振り返ってこの非常識を見てしまった兵士が涙《なみだ》を浮かべながら声を張り上げた。

「うわぁぁ！　速く！　もっと速く走れぇぇ！　高波が来るぞぉぉ！」

皆がこの言葉に釣《つ》られて後ろを振り返ってしまう。

見ればスーザンが空けた穴を埋《う》める海水で海原《うなばら》は大いに乱れ、それは高波となりパサウンの軍港に襲い掛かる。

「のわぁぁ、ダメだぁぁ！　間に合わない！」

「何かに掴まれぇ！　皆、互《たが》いを離すなよ！」

逃げる兵士たちの一部はその波に足を取られ、海に引き込まれないように必死に周りの建造物にしがみつき、仲間同士でも互いに支え合う。

「死ぬぅ！」

「大丈夫《だいじょうぶ》かぁぁ！」

もう正直、兵士の間で妖魔の大群よりも直接的に命の危険を感じさせているのはスーザンだったりする。

やがて海風が視界をクリアにしてスーザンが周囲を見回す。

大半の妖魔を葬《ほうむ》ったことに満足気な表情。だが、港の方を見ると命からがら這《ほ》う這うの体でいるパサウン防衛部隊が視界に入った。

しばらくそれを見つめると……スーザンは「……あ」という顔をした。

祐人のお願いを思い出したのだ。

〝みんなには敵召喚士《しょうかんし》の召喚した妖魔が襲いそうな各都市に行って、この国の、ミレマーの国民を守って欲《ほ》しい！〟

僅《わず》かな時が流れ、スーザンは呟いた。

「……やりすぎた？」

しかし、すぐに気を取り直したのか、残る妖魔たちに向かって翼をはばたかせた。

数分後、何とか平静を取り戻したパサウン防衛部隊は上空を見上げている。

「敵が……化け物が焼き尽くされていきます！」

「本当に何なのだ！　あの少女は！　おい……もう少し後ろに下がるぞ」

スーザンは炎と化した深紅の翼を左右に数十メートルまで広げ、残る妖魔の間を上空、地上構わずバレルロールしながら突入と離脱を繰《く》り返していた。

その凄まじい熱が数百メートル以上離れている部隊にも伝わってくる。

ただ、少女の非現実的な勇姿を目で追いかけるばかりの兵たち。

だが、その姿に心強さと同時に、また巻き込まれるのではないかという一抹《いちまつ》の不安を抱《かか》えながら見つめる防衛部隊の面々であったりする。

そのような中、一人の兵士が司令官アウンナインに駆け寄《よ》り一枚の紙を差しだした。

「将軍、これを！」

「何だ、これは」

「あの少女からの手紙です」

「何だと！　お前は中を読んだのか？　何と書いてあった！」

「読みました。ですが私ではよく分からないところが多く、どう捉《とら》えればよいのか……。

ですが、あの少女がパサウンの援軍《えんぐん》として来たのは間違《まちが》いないと考えます！」

「援軍だと！　我々を助けに来たと……本当か？」

アウンナインは報告を受けながらすぐにそのメモのような手紙を広げる。

『マットウさんからの命令という形で妖魔を倒すよ。あと妖魔を倒したら祐人にすごい活《かつ》躍《やく》でしたと伝えるようにお願いするよ。ご褒美も必要だよ』

「マットウ准将だと⁉　あとは何だ……ヒロト？」

メモは不明な言葉と若干《じゃっかん》、表現がおかしいところがあるがマットウ准将が援軍を送ったと読めなくもない。

「うーむ」

内戦が起きれば確実に敵になるマットウが我々に援軍を送るなど考えられるだろうか。

しかし、首都ネーピーに何度も連絡《れんらく》をしたがまったく通じず、すでにカリグダは逃げたという情報が飛び込んできている。そして同時に他の都市へマットウ准将から援軍が送られてきているとの情報も得ていた。

アウンナインは上空の深紅の翼を広げたスーザンを見上げ、その現実感のないドッグフ

アイトのような戦いを見る。

すでにあり得ないことが嫌《いや》というほど起きている。

だが揺《ゆ》るぎない事実としてカリグダ元帥《げんすい》は逃げ、マットウ准将は援軍を寄こしたということ。

アウンナインはスーザンの炎の翼をはためかせて圧倒的《あっとうてき》な力で妖魔たちを駆逐《くちく》し、パサウンの街を守っている姿に思わず見惚《みと》れてしまった。

「なんと……美しいのだ。ハッ！　こうしてはおられん！　もうネーピーはいい！　ミンラに連絡！　マットウ将軍に繋《つな》げ！」

パサウンが守られた数十年後、アウンナインはこう述懐《じゅつかい》している。

「あの時の出来事はどこから現実で、どこから夢だったのか、いまだに私にも分からない。だが、確実なことはあの時の炎の翼が今も私の心に焼き付いている、ということだ」

ミレマー第二位の都市　ヤングラ――

「ぜぇえったい！　祐人に褒めてもらうんだ！　あ、そこ！　後ろにも隠れてる！」

白が数十メートル飛《と》び跳《は》ねる。そしてヤングラの北側の山から次々に湧《わ》きだすように出てくる妖魔に両手をかざした。

　すると白の小さな手のひらからつむじ風が次々に放たれ、湧き出た妖魔たちとその裏側にある山の木々の間に吸い込まれていく。

　その広範囲《こうはんい》かつでたらめに放たれたように見えたつむじ風の方向から信じられない数の、目測だけで千体近い妖魔がピンポン玉がバウンドしたように上空に吹き飛ぶ。

「もう、多すぎるよ！　ごめんね、ちょっと痛いかもよ！」

　白は両の手の指を広げ、打ち上げられた妖魔の大群に向かい爪で大気を切り裂《さ》くように何度も両腕を振りぬいた。

「あ、こっちにも来てるぅ！　もう！　後ろから抜けていくのはダメェェ！」

　振り返った白の後ろではバラバラにされた妖魔たちが山林に落ちて消えていった。


　首都ネーピー――

「隊長！　ミンラのマットウ将軍に指揮権の譲渡《じょうと》を伝えました。現在、マットウ将軍の命令待ちです」

「そうか、分かった」

「しかし、これでよろしかったのでしょうか……？」

「あん？　当たり前だ！　このミレマーの危機にカリグダの野郎は俺《おれ》たちにも内緒で自分たちだけで逃げ出したんだ！　あんな野郎のために働くやつなんざいるか！」

「はい……そうですね！　では、これからのミレマーはマットウ将軍に？」

「そうだ、ミレマーは変わるだろうな。マットウ将軍がこのミレマーをどのようにしていくか、我々も見ていくようにしよう。それがこれからの俺たちの仕事だ」

「はい……」

「それとだ。俺はちょっと用事が出来た」

「は？」

「ミレマーは変わるだろう？　だから俺も変わろうと思う。ちょっと求婚《きゅうこん》してくるわ」

「え⁉　隊長、何を言って……というか、どこの誰にです！　こんな時に！」

「あれだ」

カリグダたち上層部が消え、混乱するネーピーを支えた若き司令官はネーピーの正門から数百メートル離れたところを指さした。

報告に来た兵は目を凝《こ》らすがよく見えず、双眼鏡《そうがんきょう》で隊長の言う方向を覗《のぞ》いた。

するとそこには何とも艶《なま》めかしい恰好《かっこう》をした着物姿の女性がいる。

「おお！　あれはネーピーの救世主！　またこう見ると……色っぽい」

「そうだろ！　俺も独身主義を返上だ！　ダメ元でちょっと行ってくる。しかも、あの格好は日本人だろう。芸者ってやつかもしれん。あんなに強くて絶世の美女なんて一生出会うことはないぞ！」

「いや、隊長。あれはもう強いとか、そういうレベルを超えてると思いますが……」

「うるさい！　俺は行くぞ！」

「はあ……。まあ、好きにしてください。あ、振《ふ》られた後、早く戻《もど》ってきてくださいね、今後のことも含め会議をしますから」

「ぬかせ！　振られるって決めんな！　お前らはお祝いの品でも探してろ！」

そう言うと若き隊長は髪を整え、部下を置いて走り出した。

その上司の残念な後ろ姿を兵は見守っている。

「あ〜あ、隊長は優秀《ゆうしゅう》だけど女のことを知らなすぎるわ。まあ、今まで独身主義とか言って、女性と関《かか》わらなかった弊害《へいがい》かねえ。あの彼女《かのじょ》の表情を見て何も感じないとはねぇ。あれは恋《こい》した女性が好きな男に何をしてもらうかを考えてウキウキしている姿だよ、まったく。まあ、今からお祝い品じゃなくてヤケ酒を用意しときますか、将来の軍幹部のために……」

兵は肩《かた》を竦《すく》めると会議の準備のために踵《きびす》を返した。

「あーあ、疲《つか》れた～。帰ったら……プププ、ご褒美はもう決めてるんだ～」

ネーピー郊外《こうがい》にある大岩の上で座《すわ》っていた嬌子はそれは嬉《うれ》しそうにしている。ゆったりとした着物を身につけ、白磁のような肢体《したい》が見《み》え隠れしているがまったく気にしていない。

「絶対にマッサージをしてもらう！　全身マッサージ！　その時の恰好はもう決めてるから！　くくく……ああ、早く帰りたいなぁ。あ、サリーには内緒にしとこ。あの子、私の雑誌を盗《ぬす》み見しているの知ってるんだから」

両手で頬杖《ほおづえ》をつき、にやけた顔を赤らめている嬌子の前面には敵の妖魔の残骸《ざんがい》が地の果てまでとも思えるほど敷《し》き詰《つ》められていた。

◆

「おいおいおい、これはどういうこった！　ええ？　亮《りょう》！」

「これは……ちょっとごめん。僕にも分からないよ、俊豪《しゅんごう》」

機関のSSランク【天衣無縫《てんいむほう》】の王俊豪《おうしゅんごう》はミレマー第二位の都市ヤングラの高層ホテルの屋上からこの現状を不機嫌《ふきげん》そうに見つめている。

数刻前、俊豪はヤングラ郊外におり、これ見よがしの妖魔の大群がヤングラに向かっているのを確認《かくにん》した。

俊豪は面倒《めんどう》くさそうに、またつまらないものを見るように一瞥《いちべつ》し、王亮にヤングラへ向かうように指示をすると大きな声で「あ〜あ」と言い、布に巻かれた偃月刀《えんげつとう》を手繰《たぐ》り寄せた。

ところがだ。ヤングラに到着《とうちゃく》すれば妖魔たちが一掃《いっそう》され始めている。

妖魔の大群をヤングラの街直前で一掃している白を眉間《みけん》に皺《しわ》を寄せて睨《にら》み、俊豪は舌打ちをした。普通《ふつう》の人間であれば点にしか見えない距離《きょり》だが俊豪にははっきりと見える。

「あれは人間じゃねーな。相当に霊格《れいかく》の高い奴《やつ》だ。術者は召喚士か？　それとも契約者《けいやくしゃ》か？」

「ちょっと待って、今、調べているから」

俊豪の付き人の亮はタブレットPCをのぞき込みながら手際《てぎわ》良く自身でまとめ上げた能力者データを確認する。

「ダメだ、俊豪。今回、ミレマーにいる能力者であんな霊格の高い人外との契約者の情報はないや。召喚士の情報もないよ。日本支部から送られた三人はいずれも新人で四天寺家《してんじ》のランクAの精霊《せいれい》使い四天寺瑞穂《みずほ》を筆頭に同じくランクAのエクソシスト、マリオン・ミア・シュリアン。もう一人はランクDの……」

「もういい！　だが亮、人外との契約《けいやく》は理屈《りくつ》的には誰だってできるぞ。実力さえあればな。日本支部の新人どもの誰かが実は契約しているなんて可能性もある」

「俊豪、それはそうだけど契約にはそれ相応の準備が必要だよ。ましてや霊格の高い人外は異常にプライドが高いし、顕現《けんげん》してもらうだけでも大変なんだから。それが可能な知識と力のある家系といえば世界でも十もないはず……」

「んなことは分かってる！　ただ、例外はあるだろう？　亮」

「確かにあるね。僕のように。でも……」

俊豪は亮を手で制止する。

「んじゃあ、これはあんたの差し金か？　ええ？　バルトロさんよ！」

俊豪がビル屋上の出入り口の方に顔を向けた。

それにつられ、亮も振り向《む》く。

「フッ、気付いておったか」

俊豪と亮の視線を受けながらバルトロは扉《とびら》を静かに開けて出てきた。続けて二人の男が従うように出てくる。バルトロの背後にいる二人はともにブラウンの髪で黒系の服装は密着度が高く、動きやすさを重視したものだと分かる。

「来ているならすぐに顔を出せってんだ！　それで、これもあんたのところの仕業《しわざ》か？　随分《ずいぶん》と舐《な》めたまねしてくれてんじゃねーか。そんなに金欠なのか、機関は！」

「随分と荒れているな、天衣無縫。だが、お前は誤解している」

「……あん？」

「あれは我らもあずかり知らぬものだ。いや、さらに言えば我々もお前と同じように少々混乱している」

「なんだと……？　それはどういう意味だ」

「我々もこの状況《じょうきょう》が分かっていない。分かっているのはミレマーの主要七都市を妖魔《ようま》の大群が襲《おそ》ったこと。そして、ミンラを除く六都市であそこにいるような擬人化《ぎじんか》できる強力な人外が現れ、妖魔を迎撃《げいげき》し、さらにはそれを駆逐しつつあるということだけだ」

「なんだって⁉」

　俊豪よりも早く、亮は思わず声を上げてしまう。

　亮が驚《おどろ》いた理由は二つ。一つはあそこで圧倒的な力を見せつけている人外を擬人化している人外だと断定したこと。

　もう一つは今、その擬人化までできる高位の人外が他《ほか》の都市にも同時に出現したということだ。擬人化までできる高位の人外が実体化して顕現していること自体が奇跡《きせき》に近いのだ。それが同時に複数など聞いたことがない。

俊豪は目を細め、ヤングラを襲う妖魔の大群を壊滅《かいめつ》寸前に追い込んでいる白の方を見た。

「それで？　あんたらはこれをどう見てんだ？　あれは味方か？　それとスルトの剣《けん》の首領ロキアルムはどうした？　何か情報を得たから俺に会いに来たんだろう？　でなきゃ、俺を出し抜こうとしていたあんたらがここに来るわけねーもんな」

「フフ、そうだな。ここに来たのはこの状況を見て天衣無縫がするだろう誤解を解くために依頼者《いらいしゃ》として情報の共有をして誠意を見せに来たというところだ。我々は天衣無縫の機《き》嫌《げん》を損《そこ》ねるのは本意ではない。まあ、高すぎる報酬《ほうしゅう》に四苦八苦していたのは認めるがな」

バルトロが老練な隙《すき》の無い笑《え》みを見せると俊豪は舌打ちをする。

「で、この状況だが我々が調べた内容を伝えて置く。まず、現状だがミレマーの主要七都市にそれぞれ七千から一万に及《およ》ぶ妖魔の大群が一斉《いっせい》に時を同じくして襲い掛かった」

俊豪は冷えた表情でバルトの話を聞くが亮は目を見開き、顔を強張《こわば》らせる。亮の知識の中にこれだけの妖魔を一度に召喚できる召喚士も、またその前例も知らない。

「今回の依頼《いらい》のミッションでもある護衛対象のマットウ准将《じゅんしょう》は、現在ミンラで日本支部が派遣《はけん》した新人能力者と協力し、これをしのいでいる。中々、優秀な新人たちのようだな。それで……他のこのヤングラを含《ふく》む六都市だが、どこもこのような状況だ」

バルトロはそう言いながらヤングラの外にいる白の方を指し示す。

「ここが一番聞きたいところでもあると思うが、各主要都市を防衛している高位人外たちの行動理由、また、その召喚士もしくは契約者は不明だ。人外は全部で七体。それぞれがあの妖魔どもの攻撃をほぼ無傷で撃退《げきたい》しているとのことだ。今、私の部下が各都市に向かっているが、その部下たちにはこれら人外への接触《せっしょく》を試みるようにと伝えている」

俊豪は腕《うで》を組みながらバルトロの話を聞いていたが期待外れと鼻で笑った。

「って、なんだよ、ほとんど何も分かってねぇじゃねーか」

「まあ一言で言うとそういうことになるか。だが、すでに一部この人外たちに接触した部下からの報告があった。それによるとこの人外たちの主《あるじ》は一人の可能性がある。まだすべての人外を調べたわけではないがな」

「な……んだと？」

さすがにこの情報に俊豪も反応するが、それ以上に亮が驚愕《きょうがく》して一歩前に出て来た。

「まさか！　これだけの高位の人外が七体も一人に⁉　そんなことが！　召喚……いや、そちらの方が無理だよ！　ということは契約したものがいる？　でもバルトロさん、どうしてそれが分かったんですか！」

「それは企業《きぎょう》秘密……と言いたいが、別に大した内容でもないかな。これは誠意という意味で伝えよう、亮君。君のことだから我々が機関において対能力者用の部隊であることは既《すで》に知っていよう。まあ、極秘《ごくひ》部隊と言いながらさほど隠してもいないのでね。機関も綺《き》麗事《れいごと》だけで動いてはいない、ということを周囲に伝えることもある程度必要なのだよ。特に機関に対してある種の悪感情を持ち利権を狙《ねら》う連中たちがいるうちはな」

亮は顔を引《ひ》き締《し》めつつ慎重《しんちょう》にバルトロの発言に頷《うなず》く。

バルトロの言うことは確かに知っていた。

バルトロの部隊は世界能力者機関の謳《うた》う社会の役割の一旦《いったん》を担《にな》い、いずれは世間に認めてもらい、公機関への格上げを目標とする、というものの裏で動いている。

機関は本来、一般人《いっぱんじん》への干渉《かんしょう》を極力せずあくまで人外や霊現象等に悩《なや》まされる人たちを救うための組織である。その地道な努力の積み重ねによって社会の一員に名を連ねようと考えているのだ。

長い年月がかかるだろうが、この積み重ねこそが多大な混乱を起こさずに社会に公表する時を迎《むか》えることが出来るとの決断だった。

だが、バルトロの部隊の主任務はそうではない。

この機関の利他の目標に対し、あからさまに障害になろうという組織は存在する。スルトの剣のような組織もあり、中には国家組織にもそういった動きもみられる。

これらの組織は機関が無防備と見れば手練手管を弄《ろう》してでも能力者の囲い込みに走るだろう。それだけ能力者という存在はやはり有用なのだ。特に世界の裏舞台《うらぶたい》での攻防《こうぼう》において。

バルトロの部隊はこれら機関に対する世界の動きの抑止力《よくしりょく》を担っている。

そのため、世界能力者機関の能力者の統治に対し害意を持って乱そうとすればバルトロの部隊は即座《そくざ》に動く。

このようなことからバルトロの部隊に対人、対能力者のスペシャリストが多く所属しているのも当然のこととも言えた。

また、バルトロの言う、それをあまり厳格に隠していないというのもこの抑止力を狙ったものと亮は理解した。実際、各国家も情報機関のエージェントの動きは極秘にしているが存在自体は否定していない。

少々、内容は違《ちが》うが、それがいない、ということにするよりも、いる、というように敢《あ》えて隠さないほうが相手は手ごわいと感じるものなのだ。

バルトロは亮の表情から理知的な雰囲気《ふんいき》を感じ取り笑顔《えがお》を見せる。

「我々には召喚士、契約者対策のスペシャリストがいてな。その契約した人外がどの人物に繋がっているかを見抜《みぬ》く特殊《とくしゅ》能力者がいるのだよ。元は天然能力者だったのだが、こやつのお蔭《かげ》で人外との契約者からの機関への攻撃はだいぶ鳴りを潜《ひそ》めた。我々には見えんのだが、こやつは契約した人外とその主人の間に糸のような繋がりが見えるらしい」

亮はそのまさに特殊能力と言える能力に驚いた顔を見せた。

俊豪は視線を鋭《するど》くし、バルトロはニヤッと笑う。

「まあ、戦闘《せんとう》はからっきしなやつだがな。だが、そいつが言うには三体ほどあの人外たちを確認したが、それぞれが今までに見たこともないほどの太い糸が光《ひか》り輝《かがや》き、それらは一つの方向に向かっているとのことだった。これほどの強い繋がりの主従関係は見たことがないとも言っていた。そして今回、その糸にはそれぞれに等質性が見られたことから主は一人ではないか、とな」

「なっ！　あれだけの人外を⁉　あれはもう神格を得た神獣《しんじゅう》クラスですよ。それを複数だなんて。しかも、それだけ強固な繋がりがあるってことは密《ひそ》かに有数の契約者を輩出《はいしゅつ》している家系が関与《かんよ》を……劉家《りゅうけ》や蛇喰家《じゃはみけ》、まさか！　シュバルツハーレ家が！」

「落ち着きたまえ、亮君。それらの家の関与はない。やはり我々もすぐに疑い、確認をしたがそれはなかった。それにそれらの家にミレマーを守るという動機もない。いや、いまだ謎《なぞ》のこの契約者が一体、何のためにミレマーを守ろうとしているのかは皆目《かいもく》見当もつかんのだ。まあ、世界は広い。非常に低い確率でいえば我々も知らない能力者がミレマー人の中にいて祖国の防衛に動いた。それかマットウ准将が我々とは違うルートで雇った能力者か……というのも考えられる」

「……」

亮はバルトロの話を聞きながらもそんなことは絶対にありえないと考える。

ミレマーの中に機関の知らない契約者がいたというのは確かに可能性はゼロではない。

だが、これだけの契約者が今までまったく表舞台《おもてぶたい》に出てこないことが普通ではない。

さらには、そもそもこのような高位の人外との契約ができること自体、稀有《けう》なことであるのにそれが複数と契約したとなると天文学的な確率となるのだ。

また、マットウ准将の独自ルートなど論外だ。これほどの能力者とのコネクションがあるのであれば最初から機関になど依頼をしてこないはずだ。

（それはバルトロさんだって、分かっているはず……）

神妙《しんみょう》な顔をした亮と自然体に構えるバルトロ。そこに苛立《いらだ》った声色《こわいろ》で俊豪が割って入る。

「んなことはどうでもいい！　で、その人外たちから出てる糸っていうのはどこに向かってんだ？　バルトロさんよ」

バルトロは俊豪の問いを受けるとその目に力を込めた。

「グルワ山だ」

この回答に亮は驚き、俊豪は不敵に笑う。

「グルワ山……それはロキアルムのいる！」

「ハッ！　ということは、こいつらの主は……」

「うむ、このスルトの剣に対する明確な敵対行動。この人外たちの主は恐《おそ》らくスルトの剣を潰《つぶ》しにいっていると考えるのが妥当《だとう》だろう。何者なのか……仲間割れの線も疑ったが、それでは各都市の防衛に契約人外を送る理由にはならん。何の得にもならんからな」

「ククク！　はーはっはー！」

突然、俊豪が笑いだす。

「おもしれぇ！　誰《だれ》だか知らねーが一人でミレマーを救おうってか？　何の得にも、金にもならねーで！」

いきなり上機嫌《じょうきげん》に大笑いした俊豪に亮は驚いた。

「……俊豪？」

「おい、亮。帰るぞ」

「え!?　ちょっと、俊豪！」

「俺の仕事と金を横から派手に掠《かす》め取《と》ったのは気に入らねーが、一人でこれだけの規模でドンパチやってんだ。俺がここで介入《かいにゅう》すんのは無粋《ぶすい》ってもんだ」

「で、でも！　依頼を受けたんだよ⁉」

俊豪は偃月刀を肩に担《かつ》ぐとバルトロに顔を向ける。

「おい、バルトロさんよ。金は全額返金するわ。元々、あんたが出来高制を吹っかけてきたんだ、別に構わねーだろ？」

さすがのバルトロもこの提案には一瞬戸惑《いっしゅんとまど》うが、俊豪の目の奥《おく》にある意志の強さを見てとると深く息を吐《は》いた。

「……分かった。我々としては何とも残念だが、確かにこの状況は依頼時と内容が変わりすぎたところがあるのは否《いな》めん。だが、良いのか？　天衣無縫が報酬を捨てて撤退《てったい》か？」

「は！　俺は俺の戦場で俺の価値に対しての報酬を貰《もら》うだけだ。それがこの天衣無縫の矜《きょう》持《じ》ってもんだ。俺は他人の戦場で報酬のおこぼれをもらうような男じゃねー。俺の優秀性《ゆうしゅうせい》の物差しは金だ。だが、そうでもねー奴がいるんだろ？　恐らくグルワ山にはな。俺に言わせりゃ、ただの馬鹿《ばか》で理解も出来んし、したくもねーが、嫌《きら》いじゃねー」

「もう……いつも俊豪は勝手なんだから！　ああ、頭が痛くなってきた」

「うるせー、ガタガタ言うな。ふん！　んじゃ、帰るわ。バルトロさんよ」

俊豪はバルトロたちの横を通《とお》り抜け、ビル屋上の出入り口に向かい慌《あわ》てて亮も従った。

するとと無言で見送るバルトロたちを俊豪は振り返る。

「バルトロさんよ。あんたのことだ。この後、この契約者を徹底的《てっていてき》に調査するんだろ？」

「うむ、まあ、そうなるだろうな。それが？」

「わりーが、それを俺にも教えてくれねーかな」

「ほう……何故《なぜ》かね？」

「こいつは俺に借りがあるだろう？　後々、返してもらおうと思ってな」

「借りとは……」

「この天衣無縫に無報酬で撤退させたんだ。そいつにはキッチリ返してもらうぜ。どんな奴か興味も湧《わ》いたしな。顔を出させて特別に俺に酒を奢《おご》らせてやんだよ」

「また……とんでもない奴に目をつけられたもんだな、この契約者とやらは」

「ふん！　忘れんなよ、バルトロさんよ」

そう言い残すと【天衣無縫】王俊豪は自身の経歴で初めて、無報酬で依頼を終え、ドアから姿を消した。

バルトロは再び大きく息を吐くと徹底《てってい》した情報収集を背後の部下たちに指示し、スルトの剣首領のロキアルムがいると思われるグルワ山へ向かう準備を急ピッチで進めた。

◆

「マットウ将軍！　各都市から援軍への感謝とマットウ将軍に帰順するとの連絡が入って来ています！」

ミンラの防衛本部が置かれたマットウ邸《てい》の庭では通信兵からの報告がひっきりなしに入って来ている。

「これはどうしたことか。援軍とは……」

マットウが横に控《ひか》えるテインタンに顔を向けるとテインタンも首を傾《かし》げた。

「分かりません。一体、何が起こっているのでしょうか。現在、情報収集のために各都市に報告を指示していますが、援軍とは……。確かに襲撃《しゅうげき》された都市以外に駐留《ちゅうりゅう》している我《わ》が同胞《どうほう》には近くの都市の応援《おうえん》に行くようには指示しておりました。ですが、これらの報告はミレマー全土からのものです。中にはまだ応援が到着していないところもあるはずですし、ミレマー南部は我々の勢力下にはありませんので、応援などは行けるはずもないと思いますが」

現在、ミンラは瑞穂とマリオンの活躍で敵妖魔の大群を駆逐しつつあり、瑞穂を中心とした攻撃《こうげき》部隊は圧倒的優位に戦線を維持《いじ》している。とはいえ、まだ気を抜《ぬ》くことはできない状況であり、これらの詳細《しょうさい》を調べる余裕《よゆう》はない。

するとそこに新たな報告がもたらされた。

「パサウンから通信。マットウ将軍の応援に感謝し、マットウ将軍に帰順を申し出ています！　また、ヒロト？　へ報告。援軍はとてつもない活躍で敵を駆逐しているとのことです。あの……このヒロトとは暗号か何かでしょうか？」

通信兵の報告にマットウやテインタンも一瞬《いっしゅん》、何のことか分からず首を傾げるが、すぐにハッとし、お互いの顔を見合わせた。

第3章　超魔獣

グルワ山内部の広大な空洞《くうどう》でスルトの剣首領のロキアルムが防戦一方になっていた。

ロキアルムは今、怒《いか》り、焦《あせ》り、疑問、そして、憎《にく》しみを増幅《ぞうふく》させつつ、間断ない攻撃を仕《し》掛《か》けてくる、たかがランクDの少年に苦しめられていた。

(ぬう、忌々《いまいま》しい、小僧《こぞう》が！　こいつは何者なんだ！　こいつには幻覚《げんかく》、同化による幻惑《げんわく》が通じん！　チイッ、我に召喚の時間を与《あた》えないつもりか！)

祐人《ひろと》は徹底的な連撃で召喚を許さない。

それはまるで対召喚士の戦闘を熟知したかのような戦い方だった。

祐人がステップを踏《ふ》みロキアルムに迫《せま》ると、ロキアルムは魔力《まりょく》による防御障壁《ぼうぎょしょうへき》を展開しながら逃《に》げ回《まわ》るだけの状況を強《し》いられる。

すると徐々《じょじょ》に祐人の間断ない攻撃がロキアルムの魔障壁《ましょうへき》の展開スピードを上回り始めた。

祐人の愛剣である倚白《いはく》が一瞬だけ早く、ロキアルムの展開する魔障壁を掻《か》い潜《くぐ》る。

「グウ！」

ロキアルムの左頬《ほお》から左耳までを浅く切り裂《き》くと鋭い痛みが走り、ロキアルムは唸《うな》った。

無表情で冷たい視線をひたすら送るランクDの少年はすぐにロキアルムが新たに展開した魔障壁を一刀両断する。

「お前、その程度の痛みに慣れてないのか？」

祐人はロキアルムをさらに追《お》い詰め、抑揚《よくよう》のない口調で見下すように呟《つぶや》く。

「何だと……？」

「その程度の痛みで足が鈍《にぶ》るんじゃ、お前はどこにも通用しない。偉《えら》そうに後方から指示だけ出してたんだろ。お前のような下衆《げす》にありがちなんだよ、自分が痛まないから、人の痛みも想像できない」

「調子に乗るなよ、小僧が！　分かったようなことを！」

と言いながらもロキアルムは相変わらず魔障壁を展開しながら素早《すばや》く視線を周囲に動かす。とにかく、僅かでも召喚に必要な時間が欲しい。

ここでロキアルムはリスクを負う行動をとることを決心した。本来召喚士は完全に優位で安全な場所から攻撃をすることが正しい戦い方と承知している。だが、今は召喚士にとって分の悪い近接戦闘に持ち込まれた。これでは召喚士の利点を生かしづらい。

もちろん円熟した召喚士であるロキアルムはこのような時のための術はいくつか持って

いる。しかし、それすらも見越《みこ》したように祐人は常にロキアルムの半径5メートル以内にピッタリついて来るのだ。さすがにこの状況では術の発動は難しい。

実はロキアルムには慢心《まんしん》と呼べるものがまだ心の内にあった。それは相手がたかがランクDの少年という事実が頭から離《はな》れないことだ。

その慢心がこの状況を招いている理由の一つになっていることは否めない。

だがここにきてようやくロキアルムはその慢心を捨てねば切り抜けられないことを悟《さと》りだす。それは祐人の放つ気迫《きはく》と凄《すご》みに自身の命の危険を感じたことが大きい。

ロキアルムは迫る祐人に魔障壁を展開する同じ仕草で左腕《ひだりうで》を前面に出す。祐人もそれに応じてスピードのギアを上げた。

ところが突如《とつじょ》、ロキアルムは左手から防御障壁ではなくウィルオウィスプを撃《う》ちだした。

祐人はハッとした顔になり倚白を横一閃《いっせん》に薙《な》ぐ。

ロキアルムはこの機を逃《のが》さずに今、自分が撃てる全開の速射でウィルオウィスプを叩《たた》き込みつつ後退し、祐人と距離をとろうとした。

(この生意気な小僧が……経験の違いを教えてやる。力押《お》しだけで勝てると思うなよ)

しかし、うまい不意打ちになったように見えた攻撃だったが、祐人は冷静さを失わずウィルオウィスプを倚白で切り裂き、そして躱《かわ》し、その表情に焦りはない。

祐人はロキアルムの行動パターンが魔障壁から魔霊《まれい》に変わっただけと見切り、ロキアルムを中心に横に走り、再びロキアルムの懐《ふところ》に飛びこむタイミングを計っているようだった。

(ムウ、小憎《こにく》らしいほど冷静な奴。だが！　ククク、未熟よ！　未熟未熟！)

ロキアルムは自身も少しずつ移動をし、祐人を睨みながら僅《わず》かに頬を歪《ゆが》めた。

ロキアルムは待っているのだ。

この未熟で生意気な小僧が顔を歪め、対能力者戦闘の無知をさらし、悔《くや》し涙《なみだ》を流しながらロキアルムの靴《くつ》の裏に顔を踏まれつつ絶命するという時が来るのを。

ロキアルムは祐人の動きを精密に見極《みきわ》め、自分との位置関係を把握《はあく》しながらウィルオウィスプを放ち続ける。

(よし、我が策は成る！)

ロキアルムが何かを仕掛けようとしたその時……突然《とつぜん》、祐人は移動を止めた。

(ハッ⁉　止まっただと！)

祐人は立ち止まったまま迫り来るウィルオウィスプを目にも留まらぬ剣技《けんぎ》で切り裂き、足を振り上《あ》げるとその場の地面を蹴《け》り飛ばした。するとその場にあった石と泥《どろ》が礫《つぶて》になってロキアルムの左手と体を打ちつけ、ロキアルムは咄嗟《とっさ》に体を庇《かば》う。

「下らないな、お前は」

「何⁉」

「そこ！　そこ！　それと、そこ！」

祐人は倚白で、自身の右斜め後方、左斜め後方上部、そして、正面上部を指す。

ロキアルムは一瞬、何をしているのかと思うが、その指した方向を見て驚愕の相を見せる。

「何か仕掛けているんだろう？　お前はそれらが僕《ぼく》の死角になるような地点に誘導《ゆうどう》していたね。あのね……それをするなら、そんな分かりやすく視線と表情を見せないでよ。戦ってるこっちが恥《は》ずかしくなる」

「なっ！」

「もういい、終わらす。いいか！　お前がこのミレマーでやったようにお前の計画に興味もなく、何の関係もない僕に、ただ倒《たお》される無念さを教えてやる！　それを知ってこのミレマーの地で果てろ！」

祐人から仙闘気《せんとうき》が噴《ふ》き上がる。祐人が倚白を構え、ロキアルムですら背筋が冷たくなる眼光で睨んだ。

祐人の凄《すさ》まじい殺気に気圧《けお》され、ロキアルムは無意識に後退《あとずさ》ってしまう。

「き、貴様の目的は何だ⁉　何故、ここまで我に刃《やいば》を向ける！　我を倒して、お前に何の得があるというのだ！」

「馬鹿なのか、あんたは。さっき言っただろうが！　僕がここに来たのに僕自身の目的なんかない。僕は偽善《ぎぜん》と酔狂《すいきょう》でお前を倒しに来たんだ！」

祐人の闘気が爆発《ばくはつ》する。

それはロキアルムの視界を覆《おお》い尽《つ》くさんばかりの闘気。

（こ、これは⁉　まさか仙氣《せんき》か！　こいつは道士だったのか！　まずい！　まずいまずいまずい！）

祐人は一帯に仙闘気の爆風《ばくふう》を放つと気付けばロキアルムの眼前に現れた。

「な！　見えな……！」

「仙氣闘斬《せんきとうざん》！」

祐人の気迫の咆哮《ほうこう》を耳にした途端《とたん》、ロキアルムは視界の上下がひっくり返ったことに認《にん》識《しき》が追いつかない。今、何故か下方に祐人の顎《あご》が見える。さらにはその反対側に上半身を載《の》せていない何者かの下半身だけが見えた。

ロキアルムは洞窟内《どうくつない》の冷たい地面を後頭部に感じ、ようやく自分の状態を理解する。

「……カハッ！」

ロキアルムは気道から込みあがる大量の血を吐いた。

祐人は冷たい表情でロキアルムを見下ろす。このような状態でもロキアルムは中々その命は絶えない。戦闘の時から祐人は感じていたが、やはり、そのロキアルムの体は半分妖魔のものであることが分かった。

（こいつは……どこで半妖の体を？　魔界《まかい》で苦しめられたことのあるこの術がこちらであるとは思えないけど）

祐人は怪訝《けげん》な表情を一瞬見せたが、すぐに各都市の状況を映しだしているミズガルドに目を移した。各都市では瑞穂《みずほ》たちや嬌子《きょうこ》たちが奮戦してくれている。

「ヒ！　ヒヒ？　ヤラレタ？　ロキアルムザマ、ヤラレタ？　ヒヒ！」

祐人はミズガルドに近づきながら膨大《ぼうだい》な魔力がここを中継《ちゅうけい》して各都市へ電波のように送られていることを確認し「やはりね」と呟いた。

戦っている当初から祐人はミズガルドのことを気にしていた。動く機能を失ってまでこの場にいるのだ。何かしらの役割があると思うのが自然だろう。

この時、ロキアルムの薄《うす》れゆく視界に祐人がミズガルドの背後に立つのが入る。

上半身のみのロキアルムは弱々しい呼吸をしながら自分の胸の辺りをまさぐり、ローブの切れ目から取り出した羊皮紙を握《にぎ》りしめた。

祐人はゆったりとした動きで倚白を上段に構え、自身の仙氣で包み込む。

ロキアルムはついに目を開けど視力を失い始め、何も感じられなくなった。

祐人は練り上げた仙氣と共に気迫を放つ。

「はああ！」

祐人は気合と共に倚白を上段から一気に振り下《お》ろす。

「ヒ！　ヒヒ………ヒ!?」

背後の祐人に気付いているのか、気付いていないのか、ミズガルドは薄笑《うすわら》いを浮《う》かべ、相も変わらずあらぬ方向を見ている。だがそのミズガルドでも体の中心を何かが通り抜けていくのを感じたようだった。

「お前が召喚《しょうかん》された妖魔の大群を操《あやつ》ってたんだな。最初からおかしいとは思っていた。僕と召喚主が戦っている最中もお前の出す映像の妖魔たちはミレマーを襲っていたからね。でも、これで召喚妖魔《ようま》の統制はとれないな！」

祐人がそう言い放った途端、ミズガルドの頭から地面まで亀裂《きれつ》が浮かびあがる。

「ヒ……ヒ？　ズレル？　ズズズレ……レ！」

ミズガルドの体の中心線から多量の血しぶきが吹《ふ》きだした。

巨体《きょたい》はフルーツにナイフを入れたように左右に割れ、鈍い音と軽い地揺《ゆ》れを伴《ともな》いながら地面に転がった。多数の目から投影《とうえい》されていた映像も血の海に沈《しず》んでいく。

祐人は構えを解き、倚白を左手首辺りから落ちてきた白金の鞘《さや》に納める。

「ククク……」

「……⁉」

祐人は嘲笑《ちょうしょう》するような喉《のど》を鳴らす声に気付きハッとその声の主の方向に顔を向けた。

そこには絶命寸前だったはずのロキアルムが地面に転がっている。上半身だけの体になり果てていたはずだが、祐人の目からは先ほどより顔に生気を感じられ、片眉《まゆ》を上げた。

「フハハハハハハ！」

ロキアルムが高笑いを始める。

祐人はその下半身のないロキアルムが高揚《こうよう》したように笑う不可思議な光景に全身に怖気《おぞけ》が走った。祐人の中に警戒《けいかい》感が高まり、咄嗟に倚白を再び抜き放つ。

が、その時、一刀両断されたミズガルドの大量の血が纏《まと》まり、数匹《すうひき》の蛇《へび》の姿を象《かたど》ると祐人の死角から襲い掛《か》かってきた。

「ハッ！　クッ！」

祐人は意表を突《つ》かれたが、気配を感じ横に躱して受け身をとった。だが、その血の蛇の半数は軌道《きどう》を変えて祐人を追尾《ついび》する。祐人は休む間もなく後方に飛《と》び退《の》いて躱すと今いたところの地面を血の蛇が深くえぐり、小さなクレーターがいくつも出現した。

この息をもつかさぬ奇襲《きしゆう》に右肩《みぎかた》と左大腿部を衣服ごと切り裂《さ》かれたが、すぐに倚白を構え直し次発の攻撃に備えた。

祐人は今、目の前で起きている異様な光景に事態が掴《つか》めずにいた。

突如、襲ってきた血の蛇はミズガルドから出てきた蛇たちの半数程度だ。

では残りの半数はというと……最初に躱した祐人を追わずにそのまま直進し、なんとミズガルドの主人だったはずのロキアルムの体に突き刺《さ》さっているのだ。

「……ッ！　一体、何を⁉」

見ればロキアルムの下腹部辺りにいつの間《ま》にか魔法陣《ほうじん》の描《えが》かれた羊皮紙が広げられている。血の蛇たちはまさに羊皮紙に描かれた魔法陣の中央に突き刺さっており、それだけでなくその下にいるロキアルムにまで深く到達《とうたつ》していた。

「ククク……フハハハ……ハッハッハ――――‼」

ロキアルムが再び悦《えつ》に入《い》ったような高笑いをし、その血の蛇に貫《つらぬ》かれた上半身だけのロキアルムは……起き上がる。

いや、起き上がるというより腹部に突き刺さった血の蛇に持ち上げられた。

祐人はその生気の蘇《よみがえ》ったロキアルムの暗い眼光を受ける。

「これは⁉」

祐人は目を見開いた。ミズガルドから伸《の》びた血の蛇からロキアルムへ何かが供給されているのが分かる。そして供給される度にロキアルムの魔力は増幅していく。

上半身だけのロキアルムだが、今、下腹部は複数の血の蛇が蛸《たこ》のようにうねる姿だ。もはや人間とは思えぬおぞましい姿で憎悪《ぞうお》と余裕の顔で祐人を見下ろした。

「ククク、愚《おろ》かな小僧……手順を誤ったな。お前は当初から仲間やミレマー各都市の状況を気にしていた。いつかはこうするとは思っていたぞ。我はお前自身がミズガルドに手をかけるのを待っていたのだ」

ロキアルムが語る途中《とちゅう》、祐人はすぐに動揺《どうよう》と表情を消し、倚白と共にロキアルムに飛びかかった。祐人にとってロキアルムの変化など関係はない。

祐人の神速の打ち込みがロキアルムの胸部に走る。倚白はロキアルムの右腕《みぎうで》を切り飛ばし、そのまま胸を通り抜け、ロキアルムの左肩《ひだりかた》の辺りから再びその刀身を現した。

しかし……、

「愚か……」

祐人に切り飛ばされたはずの右腕はまるで液体を切ったように直《す》ぐに繋《つな》がる。そして深く踏み込み刀を横に薙いだ祐人のがら空きの喉元《のどもと》を掴んだ。

「がは！」

祐人の顔が歪む。

祐人に切られたはずのロキアルムの体は既に切られる前に戻《もど》り、祐人の喉元を掴んだ右手で祐人を持ち上げた。同時に倚白を持つ右腕にも触手《しょくしゅ》のように伸びた血の蛇が凄まじい締《つ》め付けで纏わりつく。

「ククク、どんな気分だ？　召喚士の姿を捉《とら》えていれば何とかなると思っていたのだろう？　召喚士ならば接近戦に持ち込めば何もできないと思ったか。愚か！　何たる無知！　貴様のような劣等《れっとう》なクズが我のような最上位の召喚士を測れるわけがあるまい！」

ロキアルムの指が祐人の喉に、血の蛇が右腕にめり込む。

「グウ！」

祐人の一瞬見せた苦悶《くもん》の表情を見て、ロキアルムは楽し気に唇《くちびる》の片側を吊《つ》り上げる。

祐人は左手でロキアルムの自分の喉に伸ばした腕を掴み、ロキアルムを睨《にら》んだ。

「ほう、まだ目は死んでいないか。さすがは道士といったところか。まさか、こんなところで仙道《せんどう》使いに会おうとは思わなかったぞ。それで、お前がこの実力でランクDになったのも頷けるな。堕落《だらく》した機関ではお前を正当に評価できまい！」

ロキアルムの膂力《りょりょく》が増し、ロキアルムの腕を掴む祐人の左手が震《ふる》える。

「だが、やはり貴様はただの未熟なクズだったわけだ。あそこに転がる我が弟子《でし》ニーズベックの骸《むくろ》を見て何も思わなかったのか？　貴様が斬《き》ったミズガルドを妖魔を操るただのコントローラーと考えたのが誤りだったな」

ロキアルムは視線を一瞬、干《ひ》からびたミイラのように横たわるニーズベックに移し、祐人にその目を向けた。そして、ニヤリとする。

（こ、こいつはまさか……自分の弟子を魔力を溜《た》める道具に⁉）

祐人の眉間《みけん》の皺《しわ》が苦しみだけではない理由で深みを増した。

「我はこうなると分かっていた。何故《なぜ》だか分かるか？　分からんだろうな、貴様のように能力者としての誇《ほこ》りもなく、戦いに情をはさみ、下らぬ無能な者どもに心を動かされるようなガキではな。いいか？　お前が戦いの最中に我の動きを詳細に観察していたように我もお前の言動や感情の動きからお前の性情を把握していたのだ！　お前をここに来させた心情は何とも陳腐《ちんぷ》で無価値！　吐き気《け》すら催《もよお》したぞ！」

ロキアルムはそう言い放ち、憎々《にくにく》し気《げ》に歯を噛《か》みしめた。そして肉塊《にくかい》となったミズガルドに顎を軽く向けた。

「アレもニーズベックも我が今まで集めた魔力の貯蔵庫でもあったのだ。百年間溜めた膨大な魔力をいつか我に取り込まれるために我に適合しやすい魔力に変性させながらな。だが、もうその必要もない。ニーズベックの魔力で祭壇《さいだん》は完成した！　無尽蔵《むじんぞう》の魔力が吹き出《で》ることの地を手に入れたからには我だけですべてを可能にできる！」

「……グッ！」

「我はこれまで何度も召喚した魔《ま》の者の体を移植し続け、長大な寿命《じゅみょう》とどのような魔力量にも耐《た》えられる器《うつわ》をこの時のためだけに手に入れている。もういい！　遊びは終わりだ。ミズガルドの魔力を計画通り使うぞ！　大召喚《だいしょうかん》を始める！」

途端にロキアルムの体が赤黒いオーラを纏いだし、ミズガルドから湧き出る魔力が取り込まれていくのが見える。

「……！」

その魔力がロキアルムに取り込まれるほど祐人の喉を締め上げる力が増し、体からあふれ出る魔力がより強く、より濃密《のうみつ》になっていく。そしてそれに反比例するようにミズガルドの二つに割れた巨体は小さく萎《しぼ》んでいった。

「この召喚はな、本来はミレマー各都市の崩壊《ほうかい》を見せつけた後、世界へ宣戦布告をする時だった。だがこれも無念にも散っていった幾多《いくた》の能力者の亡霊《ぼうれい》たちが、このような形で急がせたと思えば合点《がてん》がいく。お前はまさに自分自身でそのパンドラの箱を開けたのだ！この世界の終わりの始まりを！」

ついにミズガルドの巨体が皮だけになり地面にへばりつくとミズガルドから出てきた血

の蛇たちはその主人をロキアルムに移行する。

「フハハハハ！　人類の上位種にもかかわらず虐《しいた》げられてきた我々能力者たちとこの欺瞞《ぎまん》に満ちた世界、そして、その片棒を担ぐ世界能力者機関との戦端《せんたん》を開いたのだ！」

ロキアルムがそう叫《さけ》ぶと下半身から生えた無数の蛇たちが、広範囲《こうはんい》に鋭く伸び、この広大な地下空間の天井《てんじょう》、壁《かべ》、地面と各所を突き刺した。

「！」

祐人は呼吸もままならない状態でその様子を見せつけられる。

「さあ、見ろぉ！　我が地獄《じごく》から召喚する魔獣《まじゅう》の姿を！　世界を震撼《しんかん》させる魔神《まじん》にも匹敵《ひってき》する力を！　これで世界中に隠《かく》れた我が同胞たちが再び立ち上がる。世界の表も裏も巻き込んだ世界大戦の幕開けだ！　下らぬ情に流され、我らの崇高《すうこう》な理想を邪魔《じゃま》立《だ》てした愚かな小僧！　この聖戦の始まりを目撃《もくげき》できた幸せを噛みしめて死ぬがよい！」

各所に突き刺さった血の蛇たちの中心に積層型の巨大《きょだい》な魔法陣が浮かび上がった。

それは一人の召喚士が組める術式ではない。あまりに巨大で常識外のものだ。

積層型の魔法陣が光量を強めていくと中央にはその逆にすべての光を拒否《きょひ》する暗黒の塊《かたまり》が出現する。祐人はギクッとした。

（あれは次元の穴！　あんなに巨大な穴を……一体何を呼ぶ気だ!?）

ロキアルムから血の蛇を通し膨大な魔力が積層型魔法陣へ急速に供給される。

それに伴いロキアルムは苦し気な表情を一瞬見せるが、すぐに醜悪《しゅうあく》な笑《え》みに変わった。

「ぬあああ！　来い！　地獄の番犬ガルム！　本来の力を携《たずさ》え世界に鉄槌《てっつい》を下せ！　すべてを破壊《はかい》しろ！　すべてだ！　すべての秩序《ちつじょ》をその顎で喰《く》いちぎれ！」

積層型魔法陣の中央の闇《やみ》が大きく膨《ふく》れ上がった。

この瞬間《しゅんかん》、祐人の目が大きく開く。

少しずつだが祐人が臍下《せいか》丹田《たんでん》に練っていた仙氣が結実したのだ。

祐人は左手をロキアルムの腕《うで》から離し、その手のひらをロキアルムの胸に力なくあてた。

その刹那《せつな》、ロキアルムの全身に凄まじい衝撃《しょうげき》がはじける。

「グッ！　何!?」

祐人の仙氣によるゼロ距離《きょり》の発頸《はっけい》をまともに受けロキアルムは顔を歪めた。

ロキアルムの体は水面が激しく揺れるように振動《しんどう》を起こし、祐人の喉元を掴む右手と祐人の右腕に絡《から》まる血の蛇が緩《ゆる》み、ほんの僅かな隙間《すきま》を作り出す。

祐人は両足を上方に蹴り上げ、体を縦に回転させるとロキアルムの顔面に叩きつけつつ、ロキアルムの拘束《こうそく》から脱出《だっしゅつ》して後方に飛び退いた。

祐人は赤く腫《は》れる喉元を摩《さす》りつつ「ふう……」と大きく呼吸を整える。

「ふん！　小賢《こざか》しい小僧が……。だが、もう遅《おそ》い！　もうガルムの召喚は止められん！」

祐人は眼光鋭《がんこうするど》くロキアルムを睨んだ。ロキアルムの顔色は明らかに悪い。

それだけの魔力を使い切ったのだろうと祐人にも分かった。

それは戦闘中のロキアルムにとってリスクを負うはずのものだが、それ以前にリスクがリスクにならない状況《じょうきょう》をすでに作ったという勝者の表情も見せている。

この時、暗黒の塊から巨大な魔獣の片足が這出《はいで》た。

ただそれだけのことでこの広大かつ頑丈《がんじょう》な地下空間が揺れ、天井から小石や岸壁《がんぺき》の欠片《かけら》が降りそそいでくる。

「こ、こんな⁉」

祐人の顔が驚愕《きょうがく》の相に変わっていく。姿を現そうとしている魔獣は片足だけでも到底《とうてい》ありえない量の魔力を噴き出《だ》しているのだ。

（この魔獣は……強大過ぎる！　こいつが出てきたらミレマーは⁉）

ロキアルムは力を使い果たしたかのように下半身から伸びる血の蛇で体を支えているが、祐人の表情の変化に口角を吊り上げる。

「ククク……いい表情だ、小僧。我が道《みち》の前に通りかかった蟻《あり》のようだな！」

「貴様ぁぁ！」

「おっと、我を殺しても無駄《むだ》だ。我に近づけばこのガルムを首都ネーピーへ移動させる。このタイミングで我を殺せば、それこそコントロールを失ったガルムは何をするか分からんぞ。この魔獣ガルムは今、送った魔力量だけでも数日は動けるはずだ！」

「なっ！」

祐人は言葉を失った。

ロキアルムの言う真偽《しんぎ》は分からないが、この魔神に匹敵する魔獣が数日でも暴れまわることができるとしたら……。

祐人は怒りでギリッと奥歯《おくば》を噛む。

「お前は狂《くる》っている！　お前は何をしているのか、分かっているのか⁉」

「我は狂ってなどおらぬ！　狂っているのはこの世界だ！　今日、この日のために我は生きながらえてきた！　下らぬ無能者どもの命など知ったことか！　それら低劣《ていれつ》な命、魂《たましい》など、すべては我の計画の糧《かて》にすぎん！　その無価値な魂などいくらでも散らせ！」

「糧だと……？」

祐人の纏う雰囲気《ふんいき》が変わる。

祐人から表情が消えた。

ついにガルムの口先が魔法陣中央の暗黒の中から、徐々に現れだす。

「そうだ！　我らの崇高な目的の糧になるためにその命を捧《ささ》げるのだ！　この愚かな国を見ろ！　下らぬ政治体制に下らぬ支配者を生み出しただけだ。愚民《ぐみん》はどこまでいっても愚民。であれば、少しでも我らの役に立て！　我らの理想のためにその命を使ってな！」

表情のない祐人の眼光が鋭《するど》さを増し、倚白を握る右腕が震えだす。

「役に立てだと……」

ロキアルムは己《おのれ》に酔《よ》ったように叫び、祐人を横目に嬉《うれ》し気に壁際《かべぎわ》へ移動をした。すると、岩壁《がんぺき》の一角が開き、中に祭壇のようなものが築かれた部屋が現れる。

「ククク、感じぬか？　この無限にも思われる魔力の吹溜《ふきだ》まりを。この魔力で我は無限にガルムを使役《しえき》できる。ハーハッハー！　お前が最初の生贄《いけにえ》だ、愚かで劣等な小僧！　だが、心配するな、すぐに他《ほか》の奴《やつ》らも後を追わせてやる。ガルムの腹に魂を差し出すがいい！」

祐人の目がギンと開いた。

ロキアルムの吐き出す言葉が、祐人の脳裏《のうり》で魔界で討《う》ち果《は》たした災厄《さいやく》の魔神の声にとって代わられていく。

〝こいつらは私の中で生きているんだよ……〟

〝……私のために働いてくれるんだ、その魂の力で〟

ロキアルムの醜悪な笑みに……かつて魔界で出会った戦友たちの顔が蘇る。

皆《みな》、一様に笑い、そして果てていった戦友たち……。
そして……魔界で出会った藍色《あいいろ》の髪《かみ》の少女、リーゼロッテの生気のない顔が浮かび、
祐人の心が……闇に浸食《しんしょく》されていく。

ロキアルムは何故か動かなくなった祐人を絶望して死を待つだけの小僧と断じ、自らは下半身から伸びた血の蛇たちをまるで蛸のように動かすとスライドするように隠し部屋に入って行く。だが、その姿は魔力を使い果たし弱々しくも見えた。

ロキアルムが隠し部屋に入ると岩戸が閉まり、祐人の姿は完全に見えなくなった。

ロキアルムは何とか祭壇の前まで体を引きずるように移動すると床《ゆか》が青白く光り、魔法陣が現れる。

（これで終わる……そして始まる）

ロキアルムは魔力を取り込む装置にもなっている魔法陣の上で息をついた。

そして、魔力場から得られる魔力を吸い始める。

この部屋の脇《わき》には棚《たな》があり、そこに大小のガラスの瓶《びん》に液体が詰《つ》まった状態で並べられている。その瓶の中の得体の知れない肉の塊が大きな目を開けてギョロッとロキアルムを視線だけで追いかけた。

（まずは第二、第三のミズガルドの作成を急がねばな）

ロキアルムがそう考えたところで岩戸の外から大地を揺るがさんばかりの魔獣ガルムの咆哮が響《ひび》き渡《わた》ってきた。

ロキアルムはまだ青白い顔色のままニヤリと笑う。

「行け、ガルム。その力を使い、我がスルトの剣《けん》の道を、我ら能力者の新世界を切り開け！」

ロキアルムの声が肌寒《はださむ》い室内に響き渡り、ミズガルドの幼生たちが目をギョロギョロと忙《せわ》しなく動かした。

◆

マットウの拠点《きょてん》であるミンラでは敵妖魔《ようま》の大群をほぼ撃退《げきたい》し、兵たちは意気《いき》揚々《ようよう》と互《たが》いの健闘《けんとう》を称《たた》え合っている。

そこにミンラ防衛の立役者である瑞穂とマリオンは作戦司令部が置かれているマットウ邸の庭に帰還《きかん》してきた。瑞穂とマリオンが姿を現すとそこにいる兵たちは歓声《かんせい》を上げて、この二人の少女を迎《むか》え入れる。

瑞穂とマリオンは兵たちの歓呼《かんこ》には応《こた》えるが、その表情を緩めていない。

「瑞穂さん、祐人さんは……」

「恐《おそ》らく……いえ、間違《まちが》いなく敵の召喚士と戦闘《せんとう》になっているわね。敵の召喚が止まっているのが、その証拠《しょうこ》だと思うわ」

瑞穂は正面を睨みマリオンは俯《うつむ》き気味に歩いていく。

「そうですね。その……瑞穂さん、大丈夫《だいじょうぶ》でしょうか？　祐人さんは」

「マリオン、祐人は大丈夫よ。それは私たちが一番分かっているでしょう。取りあえず情報が欲《ほ》しいわ、マットウ将軍のところに行きましょう」

「はい、そうですね」

瑞穂のその言葉は瑞穂自身にも向けられているようにも聞こえ、マリオンは瑞穂の心の内が自分と同じと分かるとそれ以上、不安を口にすることを止《や》めた。

移動式テントで建てられた作戦司令部が見えてくる。その周りを慌ただしく兵たちが走り回っており、司令部には引っ切り無しに人が出入りしていた。

瑞穂とマリオンは司令部周辺が明らかに慌ただしいのが分かり、何か戦況《せんきょう》に動きがあるのかと無意識に足を速める。

そしてこの広大な中庭の中にはニイナの姿も見えた。

ニイナは細い体で食料の入った大きな箱を重ねて担《かつ》ぎ、兵士たちや避難《ひなん》してきたミンラの市民たちに配っていた。また、親とはぐれて泣いている子供を見つけるとニイナは率先《そっせん》して話しかけていく。

瑞穂はニイナが今、自分のできることを必死にこなしている姿を見て笑みをこぼした。

その時だった……。

おぞましくも強大な魔力の狂風《きょうふう》がミンラを吹き抜けていった。

「ク！」

「これは⁉」

瑞穂とマリオンは顔を歪め、思わず腹の辺りを押《お》さえた。その邪悪《じゃあく》で強大な魔力の波は一時的にミンラの町全体をも飲み込んだかのようだった。

能力者であるが故《ゆえ》に強い影響《えいきょう》を受けた瑞穂とマリオンだったが、勘《かん》の鋭い一般《いっぱん》兵も辺りを見回し、首を傾げている。

マリオンは息を整えながら立ち上がるとハッとする。この魔力に覚えがあるのだ。

「こ、これは、まさか……ワンコ⁉」

マリオンが思わず、口走り、顔を青ざめさせていく。

「このシャレにならない魔力は何なの⁉　波動だけで意識が持っていかれるわ！」

「瑞穂さん、この魔力は以前に襲撃《しゅうげき》してきた巨大な魔獣に酷似《こくじ》しています！　しかも、あの時とは比べ物にならないほど強いです！　もう別物と言っても過言じゃありません」

「え!?」

前回の作戦時に襲撃してきた巨躯《きょく》の魔獣だ。そして、あの時のものとは比較《ひかく》しようがないほど魔力が強大になっている。

さらには今、通りすぎていった桁外《けたはず》れの魔力の咆哮は明らかに北の方角から……まさしく祐人の向かったグルワ山から来たものだと瑞穂とマリオンは直感した。

瑞穂とマリオンはグッと口を結び、互いの目を合わせる。

今からグルワ山に向かっても間に合うか、たとえ間に合って祐人に加勢したとしても自分は役に立つのか。

瑞穂は即座《そくざ》に体を翻《ひるがえ》す。祐人の状況を考えると居ても立っても居られない。

しかし、その腕をマリオンが掴んだ。

瑞穂がマリオンの行動に驚《おどろ》く。

「何故《なぜ》、マリオン!?　祐人に少しでも加勢がある方が！」

「瑞穂さん！　私も想《おも》いは一緒《いっしょ》です！　でも、祐人さんは私たちにマットウ将軍とこのミンラを任せて行きました。私たちはここで待つべきです」

瑞穂はカッとなりマリオンに反論をしようとするが、それができなかった。

何故なら、普段《ふだん》、柔和《にゅうわ》でおっとりしているマリオンが涙を流していたからだ。

しかも、その涙は寂《さび》しさや悲しさから来るものではないと瑞穂にはすぐに分かる。

それは、すでに瑞穂も涙を目に浮かべていたからだ。

おそらく、そのマリオンの涙は自分と同じ涙。

「マリオン」

「……はい」

「私は悔しい、自分の不甲斐《ふがい》なさが！　自分の弱さが憎い！　あいつと同じ場所にいられない自分が！」

瑞穂の腕からマリオンは手を離す。

「瑞穂さん、私もです。だから私は、今、決めました。私は絶対に強くなります！　そして、私はあの人がどこに行ったとしても、その帰る場所を守りたい……いえ、守ります！」

瑞穂とマリオンは唇を噛み、涙も拭《ぬぐ》わず、ミンラの北の空を決意の顔で見つめた。

するとと……またしてもあの強力な魔力の波動が再びミンラの上空を駆《か》け抜《ぬ》けていく。

「クッ！　また！」

「フウッ！」

瑞穂は自分の右腕を左手で握りしめ、マリオンは胸のロザリオを握った。

——それと同時だった。

瑞穂とマリオンは魔獣の魔力《まりよく》とは違《ちが》う力を感じ取った。

途端に形容しがたい喪失《そうしつ》感のようなものが瑞穂とマリオンに襲《おそ》いかかる。

その喪失感は突然、湧《わ》き上がってきたかと思うとさらに持続して喪失感の上に喪失感を上塗《うわぬ》りしていく。

瑞穂とマリオンは瞬時《しゅんじ》にあのグルワ山に向かった、少年の姿を思《おも》い浮かべた。

だが、その少年の姿は思い浮かべても、思い浮かべても、薄れていく。

この時、ニイナが瑞穂とマリオンの視界に入った。ニイナは不安げな硬《かた》い表情で固まったように棒立ちになり、自分の胸を掴みながら辺りを何度も見回している。

「み、瑞穂さん……これは」

「ええ……」

咄嗟に瑞穂とマリオンは自然に互いの手を強く握った。

この喪失感を完成させてはならないと必死に抗《あらが》うために。

そして、北の空を切なそうに瑞穂は見つめる。

「使ったのね、祐人、あの力を……」

「また他人のために……」

◆

マットウ邸《てい》の広大な中庭は兵士や避難してきた一般市民たちで溢《あふ》れかえっていた。その中でニイナは献身的《けんしんてき》に働き、マットウの娘《むすめ》としてそれぞれを慰安《いあん》して回りながら、不安を取り除くように皆を励《はげ》ましている。

（皆、戦っているの。私も私のできることで戦うわ）

この時、ニイナは親とはぐれてしまったらしい幼い女の子を見つけた。

すぐに駆け寄《よ》り体を屈《かが》めると泣きじゃくる女の子に声をかけた。涙で顔を濡《ぬ》らす女の子に優《やさ》しい表情で応対し、その手を握り立ち上がる。

「さあ、大丈夫よ。私とお母さんを探しましょう。今にね、すごい強いお兄さんとお姉さんたちがこの街に近づいて来た悪い奴らを全部倒してくれるからね。そうしたら、すぐにお母さんとお家《うち》に帰れるわ」

「……本当？」

女の子はニイナの顔を見上げる。

「本当よ。だから泣くのをやめましょうね。さあ、お母さんを探しに行きましょう」

「うん！」

ニイナは今、この女の子を必死に探しているだろう母親を探しながら、周りの喧騒《けんそう》にも負けない大きな声を上げて女の子の手を引いた。

するとすぐに前方に大きな声で自分の娘と思われる名前を叫んでいる女性がニイナの目に入った。

「あれは、お母さんかしら？」

「あ！　お母さんだ！」

女の子はニイナの手を離《はな》すとその女性に向かい走り出した。

ニイナはその姿を見送りホッとしたような顔で、笑みを見せる。

……その時、

ニイナは得も言われぬ違和感《いわかん》を覚え、右腕で自身の胸の辺りを握りしめた。

(な、何? この感覚は。まるで何かが失われていくような……)

何とも言えぬ初めての感覚にニイナは戸惑《とまど》う。

それは自分の中から掛《が》け替えのないものが吸われていくような感覚だった。

一瞬《いっしゅん》、何故か、あの頼《たよ》りない笑顔《えがお》を見せる少年の顔が脳裏に浮かぶ。

彼《かれ》は自分たちのために、何の得にもならない危険な戦いに身を投じた少年だ。

その少年が自分の心に寄り添《そ》ってくれたおかげで、今、こうして頑張《がんば》っていられるきっかけをくれたのだ。

だが今、その少年の姿が段々と消えていく。ニイナはわけも分からず心が悲鳴を上げるも、その姿はやはりニイナの頭からその存在を薄めていく。

ハッとしたようにニイナは顔を上げる。

「祐人!」

ニイナは無意識に北の空の方向へ向けて少年の名前を叫んだ。

この感覚は受け入れがたいものだ。

絶対に流されるわけにはいかない、とニイナは何故か思う。

「お姉ちゃん、どうしたの?」

「……え？」

すると先ほどの女の子が母親を連れ、様子のおかしいニイナを心配そうに見上げていた。

「ニイナ様、ありがとうございます！　娘から聞きました。何とお礼を言っていいか」

必死に頭を下げる女性にニイナは慌《あわ》てて柔和な表情を作り応対する。今は混乱するミンラ市民に少しでも不安にさせるようなことをしてはならないのだ。

「いえ、気になさらないで下さい。フフフ、良かったわね、もうお母さんから離れちゃダメよ？　それにもうすぐ家に帰れるんだから！」

「うん！　すごい強いお兄さんとお姉さんたちがいるんだもんね！」

「……お兄さん？」

ニイナは怪訝な表情を一瞬見せるが、すぐに笑顔で女の子に返す。

「そうね！　すごい強いお姉さんたちがいるから大丈夫よ！　さあ、あちらの避難スペースの方へ行きましょう。何か足りないものはありますか？」

「あ、はい、ありがとうございます。その……少々、赤《あか》ん坊《ぼう》へのミルクが足りないと言われている方々がいました」

「分かりました。すぐに用意いたしますね」

そう言うとニイナはすぐにその場から離れた。

ところが今、ニイナ自身、理由の分からないものが心に引っかかっている。

それはあの女の子の何気ない言葉。

(……すごい強いお兄さん?)

だがすぐにニイナは振《ふ》り払《はら》うように頭を振り、子供の言うことで、ここまで気にすることでもないと自身の戦いに身を投じていくのだった。


グルワ山中腹にある洞窟《どうくつ》の最奥《さいおう》。

その広大な空間に今、一国を滅《ほろ》ぼせる力を秘《ひ》めた強大な魔獣が姿を現そうとしていた。

その超魔獣《ちょうまじゅう》は既《すで》に暗闇《くらやみ》の中から上半身を露《あら》わにし、窮屈《きゅうくつ》そうにではあるが徐々《じょじょ》に、そして確実にその全身を現世に顕現《けんげん》しようとしている。

正面に立つ祐人とガルムの視線が交差する。すると、ガルムはその巨大な顎《あご》を広げ、常人であれば肉体が塵《ちり》と化してしまうほどの咆哮《ほうこう》を上げようとしていた。

だが……今の祐人はガルムの咆哮を睨み、動じることもない。

祐人の心の内に魔界で散っていった戦友たちと最愛の少女が姿を見せていた。

その祐人の頭の中に先ほどのロキアルムの言葉が木霊《こだま》する。

〝糧になるためにその命を捧げるのだ……我らの役に立て……〟

すると、かつて苦楽を共にした戦友たち、そして、藍色の髪をした少女、リーゼロッテの体が砂の人形のように崩《くず》れていく。

祐人の表情が完全に消《き》え失《う》せるのと同時に、祐人を覆《おお》う圧倒的《あっとうてき》な殺意がその暗く鋭い眼光に乗せられ、ガルムに向けられた。今、祐人の中に住まう闇が祐人の心を支配していく。

祐人の右足が一歩前に出る。


〝祐人……〟


祐人は目を見開いた。

突然《とつぜん》、祐人の耳に幻聴《げんちょう》か空耳か、とても懐《なつ》かしい、それでいて心安らぐ少女の声が聞こえてきたのだ。

〝私たちはいつまでも祐人を見守っているから……〟

祐人の心を覆う闇の底から、小さな光が照らし出される。

聞き間違えることがあり得ない、リーゼロッテの声。

瞬間、祐人は表情を取《と》り戻し、視野が広がっていく。

祐人の胸の内に今、大事にしている掛け替えのない友人たちの顔が浮《う》かんだ。

それは……日常の友人である茉莉《まつり》、一悟《いちご》、静香《しずか》。

そして、今や同期であり戦友ともいえる瑞穂、マリオン。

皆、一様に自分のことを知ってくれている友人たち、自分を思い出してくれた友人たちだ。

祐人は、これら友人たちとの繋がりを諦《あきら》めるのではなく、むしろ繋がっていく勇気が湧いてくる。

（そうだ、これは僕《ぼく》の復讐《ふくしゅう》じゃない。僕が……今現在の僕が！　こうしたいと強く思ったことをしているんだ。リーゼ！　僕はこいつらが許せないんだ。自分たちの目的のために平気で他人の想いを踏《ふ》みにじり、人の命を、その魂をゴミのように見下すこいつらが！）

祐人の心に、このミレマーに悲《ひ》壮《そう》な覚悟《かくご》で人生を捧げたマットウ、その中で散っていったグアランの顔が浮かぶ。

そして……泣きじゃくるニイナの顔が祐人の心に映し出された。

「だから、僕は！」

祐人は生気のある顔でガルムをギンッと睨み両手を広げた。

すると、祐人の両腕《りょううで》、両脚《りょうあし》に小さな魔法陣が出現し、ガラスが弾《はじ》けるように割れる。

途端《とたん》に祐人の右半身に強力な魔力を含《ふく》んだ黒い影《かげ》が浮かび上《あ》がり祐人自身を浸食し始め

た。その影はザワザワと祐人に纏《まと》わりつくように蠢《うごめ》き、右目の眼球にまで至る。

「……！」

ガルムは祐人の変貌《へんぼう》に気付くと巨大な剣山《けんざん》のような歯を見せて地鳴りのように唸《うな》る。そしてその直後、溜めに溜めた魔力を凝縮《ぎょうしゅく》させ、この地下空間を破壊するほどの咆哮を上げた。

今、祐人の両手には漆黒《しっこく》の長刀倚黒《いこく》と白金の鍔刀倚白《つばがたないはく》が握《にぎ》られ、祐人の中心軸《ちゅうしんじく》から凄《すさ》まじい仙氣が吹《ふ》き上がる。

ガルムが大きく開けた顎の前に何層もの魔法陣が展開され空間が歪《ゆが》む。

しかし……超魔獣の咆哮は二刀を操《あやつ》る少年の直前でその大部分が相殺《そうさい》された。

あり得ぬ出来事に地獄の番犬ガルムの赤い目が大きく開く。

すると……咆哮をいとも簡単に受けきった少年の眼光が白金の刀身と漆黒の刀身の間から姿を現す。ガルムはその眼光を受け、まだ自身が召喚途中《しょうかんとちゅう》で完全に解き放たれていないことに苛立《いらだ》ち激しく巨体《きょたい》を捻《ひね》る。

その刹那、ガルムは突如《とつじょ》、眼前に現れた少年を見た。

その少年の周囲はあまりの力の集約で空間を歪ませている。

それだけでその者の力が、存在が、自分に近いものだとガルムは理解した。

これだけの力を持つ者は本来、現《うつ》し世《よ》に存在していいものではない。

「ハアァァ！」

祐人が空間を歪ませながら二刀それぞれに膨大《ぼうだい》な霊力《れいりょく》と魔力を付与《ふよ》し、十字に振るう。

同時に、ガルムは己の出せる全力の咆哮を叩《たた》きつけた。


ロキアルムは隠し部屋の中で静かに回復を行っていた。

（我の回復は最小限に……今はガルムの掌握《しょうあく》が先か）

ガルムの召喚《しょうかん》に想定以上の力を使った。

やはりミズガルドの魔力だけでは召喚することは不可能であっただろうとロキアルムは悟《さと》る。敵である祐人に弱みを見せるわけにはいかず、強気な態度を崩さなかったが、実際はこの魔力場の力を得てなおギリギリの召喚だった。

その原因としてはガルムの召喚を急ぎすぎたことが言えた。この魔地が持つ魔力量は無尽蔵だが、体に取り込むには時間がかかる。

段取りとして皮肉なものだが、まず、魔力を取り込むための術式を編むのに相当量の魔力が必要だった。その魔力は弟子ニーズベックを取り込むことで術式と祭壇を完成させた。

その後、魔力を吸収しながら魔力を使い、各都市を襲う妖魔の大群を召喚している。

そのため、この地からロキアルムが得た魔力の蓄《たくわ》えは少ない。だが、それは想定内でガルムの召喚は本来、各都市の陥落《かんらく》後、十分な時間で十分な魔力を得てからする予定だった。ところが祐人が来襲《らいしゅう》してきたために計画が狂った。さらに言えば祐人の戦闘力《せんとうりょく》、戦闘技術が高く、あのまま何もカードを切らねば敗北もちらついた。

この時点でロキアルムはミズガルドの魔力と現在、溜《た》めている魔力を合わせて奥の手《おくのて》であるガルム完全体を召喚することを決断した。これは実はロキアルムにとって結構な賭《か》けであった。それだけ戦闘時に祐人から受けたプレッシャーは凄まじかったのだ。

(だが、我は成したのだ！　ガルムがいれば、この不愉快《ふゆかい》な世界は我々を無視することは出来ん！)

ロキアルムがそう考えたところでガルムの二度目の咆哮が繰《く》り出され、隠し部屋の壁や天井が僅《わず》かに崩れる。

「ククク、あの小僧《こぞう》、完全体のガルムを相手によくも保《も》っているな。無駄なあがきを……」

この瞬間、隠し部屋の出入り口である正面の岩戸が轟音《ごうおん》を上げて砕け散《くだち》った。

「な！」

ロキアルムは事態が読めず、呆然《ぼうぜん》と、その砕けた岩戸から徐々に姿を現した人影《ひとかげ》に目が吸い寄せられる。

「き、貴様は⁉　何だ⁉　何なのだ⁉　どういうことだ！」

突如、破壊《はかい》された出入り口の岩戸の破片《はへん》と埃《ほこり》が消えていき、そこには二刀の異なる刀を携えた少年が姿を現した。

（何だ？　何だ？　何だ？　何だ！　何が！　これは幻《まぼろし》か！　精神攻撃《こうげき》とでも言うか！）

「おい、何を言ってるんだ、お前は。もう忘れたのか？　お前を偽善《ぎぜん》と酔狂《すいきょう》で倒《たお》しに来たランクDだよ」

ロキアルムは祐人の言っていることが理解できない。

そう、理解できないのだ。

何故《なぜ》なら、道士とはいえこの未熟で生意気な小僧に完全体の超魔獣ガルムをあてたのだ。

こんな状況があるわけが、起きるわけのないことだ。

祐人の背後に祐人が破壊したためにできた隠し部屋の大穴がある。

その大穴の向こうにロキアルムは信じられない光景を見たのだ。

そこに十数メートルの巨躯の魔獣が鼻から尻尾《しっぽ》にかけて上下左右に四等分に切《き》り裂《さ》かれ、塵となっていく姿。

この時、ようやくロキアルムは目の前に立つ少年の体から吹き上がる力を感じ取った。

「な！　こ、これは！　霊力と魔力！　何故、道士である貴様から⁉　いや、何故、霊力と魔力が同時に⁉　しかも、この強大な力は！」

「お前には関係ないよ。今度こそ終わりだ……もう手順もなにもないんだろう？」

祐人はゆっくりとロキアルムに近づいていく。

ロキアルムは混乱の極致《きょくち》で考えが纏まらない。何故なら、目の前の少年は会った時とあまりにも違いすぎた。放つオーラもプレッシャーも漏《も》れ出ている力の片鱗《へんりん》も、もはや人間の範疇《はんちゅう》を超《こ》えている。長く生きるロキアルムだが、何も頭に浮かばない。

ただ、今あるのは恐怖《きょうふ》のみ。自分を殺しに来た敵がおり、自分に近づいてきている。

「ままま待て！　待ってくれ！」

「何を待てと言うんだ。もう終わりだ。貴様も貴様の計画も」

何者か分からない、分かるはずもない恐ろしい少年が近づいて来る。意味が分からない。だが分かることがある。このままでは自分は死ぬ。死んでしまう。殺されてしまう。

「我はここで終わるわけにはいかんのだ！　そ、そうだ！　貴様も仲間にならんか⁉　そうすればお前もそれほどの力があってランクDなどあり得ん！　お前なら……」

このロキアルムの提案を聞いた途端、祐人は歯を食いしばり気迫《きはく》を放つ。

「この下衆《げす》召喚士が！　よく聞け、この下衆。命乞《いのちご》いをするなら何故それを相手にも感じてやらない！　お前の目的、想いが何故、何よりも優先されると言い切れる！　お前だけじゃないんだ！　この不自由な世界でみんな必死に生きているんだ！　お前のしてきたことはお前だけの命で！　今までお前が踏みにじってきた人たちの命と人生を贖《あがな》えるものか！」

そう言い放つと同時に祐人の持つ二つの刀が交差した。するとロキアルムの下半身から生える触手《しょくしゅ》のような血の蛇《へび》と両腕が吹き飛《と》ぶ。

悲鳴をあげる暇《ひま》もなく再び上半身のみになり、地面に落とされたロキアルムは涙《なみだ》を浮かべて自分を見下ろす祐人を見つめた。

今のロキアルムにこの理解しがたい現状を把握《はあく》するほどの冷静さはない。あるのはただ、人間離《ばな》れした力を見せている少年から受ける耐《た》えがたい恐怖のみ。

その時、ロキアルムは祐人からあふれ出ている力の流れが見えた。

（こ、これは……何という……）

「ま、待て！　お前はその力を使うのに己の存在を使っているのか！　馬鹿《ばか》な！　それでは誰《だれ》もお前のことなど覚えてはいられんぞ！　お前はそれでいいのか!?　それでは何のために我と戦ったのだ！」

その主張に祐人は下らないものを見るようにロキアルムに目を移す。

「それほどのものをかけて戦っても何も得られんぞ！　称賛《しょうさん》も！　名誉《めいよ》も！　感謝も！

貴様はそれでいいのか⁉」

「馬鹿なのか？　お前は……」

「は？」

ロキアルムには祐人のその言葉の真意が分からない。

「それを得て、何になるんだ？」

祐人の情の欠片も感じられない瞳《ひとみ》が光を帯びる。

「僕はただ、僕自身の偽善と酔狂を貫《つらぬ》きに来たんだ。たった一人の少女の涙を見て、ね」

「は？　な……」

「その少女の想いはお前と違い、自分だけではないミレマーに住む全員の未来を見据《みす》えていたんだ。そしてお前はその未来を何の理由も、何の脈絡《みゃくらく》もなく！　自分アピールのショーで潰《つぶ》そうとしたんだ。そんなお前に僕がここに来た理由など分からないだろう。僕はそれらミレマーの価値ある未来を追いかけた人たちの想いを受け取ったんだ！」

「わわ、我を倒してもお前は忘れられて何の見返りもないのだぞ！」

ロキアルムにはもう、この状況を覆《くつがえ》す術《すべ》も力も残っていなかった。

この少年が一刀を加えるだけで、自分は死ぬ。

「感謝なんているか！　いるわけがない。僕の行動は僕のものだ。それにたとえ忘れられても……また思い出してもらえるようにするだけだ。その勇気も僕は既にもらっているんだ」

（死ぬ……我が死ぬ？　嫌《いや》だ！　怖《こわ》い！　我の未来が！　我の輝《かがや》かしい道が絶たれる！）

ロキアルムは絶望に震《ふる》えだすと、祐人が両手に握る剣を手のひらの上に立てた。

すると、その二つの刀は祐人の手のひらに沈《しず》んでいき、その姿を消した。

ロキアルムには祐人の行動の意味が分からなかった。

何故、剣を納めるのか。

だが、ロキアルムはこの小僧はひょっとして……と考える。

（こいつは、もしかすると人を殺したことがないのか？　であれば……）

ロキアルムは表情は変えず、だが、心の内に光明を見つけた気分になった。一度も人を手にかけたことのない、この甘《あま》い小僧は自分を捕《と》らえることを考えているのかもしれない。

だが、ロキアルムは祐人の凍《い》てつくような視線を受け、体が無意識に固まってしまう。

「う！」

「手順を間違えたのはあったかもしれないけど、僕は別に後悔《こうかい》はしてないよ。お前のとどめをさす方法だけは決めていたんだ。僕はそれに拘《こだわ》っただけ……」

祐人はシャツのボタンを外し、その懐《ふところ》に右手を入れる。

そして、その懐から一丁の拳銃《けんじゅう》を取り出した。

その拳銃はニイナがロキアルムに復讐するために用意したものである。祐人はニイナの部屋からここまで持って来ていたのだ。

実父を失い、自分の無力さに悔《くや》し涙を流した時に、その少女が恐らく人生で初めて握ったであろう武器。

その武器を祐人は握りしめ、セイフティーロックを外した。

祐人がその銃口《じゅうこう》をロキアルムの額に向ける。

「な、ひっ！」

ロキアルムの情けない悲鳴が上がった。

ロキアルムは理解しているのだ。

もう限界ギリギリまで力を使った今の自分がこの銃弾《じゅうだん》を受ければどうなるか。

直後、グルワ山の中腹にある洞窟の最奥から数発の銃弾の発射音が鳴《な》り響いた。

第4章　残したもの、残された人

マットウ邸の中庭に設置されたミンラ防衛の作戦本部周辺は、既に戦勝ムードで賑《にぎ》わっていた。

襲来《しゅうらい》した妖魔はすべて駆逐《くちく》し、敵の増援《ぞうえん》や再襲来の様子は今のところ確認《かくにん》できない。前線は未《いま》だ臨戦態勢は崩してはいないが、武器を握る兵士の間にも笑顔がこぼれ始めていた。

また、賑わいの理由は戦勝ムードの他にもあった。それは各主要都市を預かる将帥《しょうすい》からマットウ将軍への帰順の連絡《れんらく》を皮切りに、その他の基地所属の司令官からもマットウ支持の表明が後を絶たないというものがあった。

「マットウ将軍、たった今、首都ネーピーから正式にマットウ将軍の指揮下に入ると連絡が入りました！　また、ネーピー防衛を臨時に指揮した指揮官……相当、若い指揮官でしたが、マットウ将軍へネーピーへの凱旋《がいせん》を要請《ようせい》してきています！」

「ふむ……そうか」

興奮気味のテインタンの報告にマットウはむしろ表情を引《ひ》き締《し》めた。各方面からの同じような報告を冷静に受け止め、現状を分析《ぶんせき》するようにミレマーの地図に目を落とした。

「テインタン、一体、何が起こっているのか……お前には分かるか？」

「いえ、正直、私にも分かりません。ただ、敵に襲撃を受けた主要都市の司令官からの報告で、一様に共通するのは我々が送った援軍《えんぐん》への感謝が添えられていることです」

「むう……。確かに私はどの陣営《じんえい》かは関係なく、最も近い襲撃された都市への援護《えんご》を指示してはいたが……全都市に、しかもこれだけ早く到着《とうちゃく》はしていまい。それにミレマーの最《さい》南端《なんたん》のパサウンには我が部隊が行けるわけもない」

マットウの影響下にある地域は主にミレマーの北側である。最南端の港湾《こうわん》都市パサウンに行くことは軍事政権の色濃《いろこ》い支配地域を抜けていくことになり、情勢的にも時間的にも、そのようなところに援軍を送るのは不可能だ。

「はい……。ですが、一つ言えることはピンチンを守られていましたテマレン将軍の軍事政権離反《りはん》が大きかったです。テマレン将軍は兵や国民からも信望の厚い方ですから。しかも、そのテマレン将軍がマットウ将軍の支持を全地域に表明しています」

「これは夢か……またはカリグダの罠《わな》とも」

「可能性は否定しませんが、今現在の状況《じょうきょう》から、その可能性は非常に低いと考えます」

テインタンは声を改めた。

マットウは何故、自分の腹心がそのように言えるのかとテインタンに顔を向ける。

「マットウ将軍、たった今、信じられない報告が同じ内容で多方面から、そして複数、寄せられています」

「それは？」

「首都ネーピーの郊外《こうがい》でカリグダ元帥《げんすい》及《およ》び大将級の重鎮《じゅうちん》たちの死亡が確認された、というものです」

「なっ！　それは本当か⁉」

「今、確認中ですが、恐らく真実と考えて良いと思います。後ほど写真、映像も届く手筈《てはず》になっています。また、この情報の報告者の中にはカリグダが創設した近衛兵《このえへい》の隊長の名がありました。その者の報告は詳細《しょうさい》にカリグダ元帥の最期を通信電文で送って来ています。どうやら、近衛兵はネーピーから逃亡《とうぼう》を図《はか》るカリグダに付き従ったようです」

テインタンのまさに信じられない報告にマットウは驚きを隠《かく》さなかった。

「何という……しかも近衛兵はカリグダに忠誠心厚いエリートたちではないか。そのような者たちが何故、私に？　保身のための鞍替《くらが》えか？　いや、そこまで我々が優勢であったわけではない。このような偶然《ぐうぜん》、いや、これだけ私に都合の良い状況は……」

「いえ、将軍、偶然ではありません！」

テインタンが語気を強めたことにマットウはテインタンの目を見つめてしまう。

ハッとしたようにテインタンは姿勢を正した。

「申し訳ありません、将軍。確かに我々のあずかり知らぬところで大きな力を貸してくれた者もいると考えます。現在、確認を急いでいます。ですが、それだけでは……決して偶然でも、幸運でもないのです」

テインタンは神妙《しんみょう》な顔になると目を瞑《つぶ》った。

「その近衛兵の隊長の通信電文の最後に、ある一文が添えてありました」

そのテインタンの態度の変化にマットウは眉《まゆ》を寄せる。

「……何と書いてあった」

「グアラン・セス・イエン麾下《きか》、近衛部隊隊長……と」

「……！」

マットウは目を大きく見開いた。

テインタンとマットウの間にしばしの静寂《せいじゃく》、言葉にならない時間が流れる。

そして、たった一言だけマットウの口からこぼれた。

「グアラン……」

それ以上、マットウは言葉を発しなかった。

今、マットウの前に……亡《な》き親友の姿が浮《う》かぶ。

グアランはニイナの丘《おか》にいた。

そのグアランがマットウの肩《かた》を掴《つか》む。

〝俺《おれ》は！　この政権の内から蝕《むしば》む大病になる！〟

グアランはその言葉通り、暗躍《あんやく》していたのだ。

たった一人……魑魅魍魎《ちみもうりょう》の住む軍事政権で、まさに内から蝕む大病とならんと。

グアランがカリグダの最後の盾《たて》になるはずの近衛兵に手を入れ、いかに懐柔《かいじゅう》したのかは分からない。だが、それを成すにはどれだけの慎重《しんちょう》さと巧妙《こうみょう》さ、そして、どれだけの胆力《たんりょく》と精神力が必要であったろうか。

グアランは全身全霊《ぜんしんぜんれい》をかけて戦っていたのだ。

そのすべては……このミレマーの未来のために。

マットウは胸のポケットからサングラスを取り出してかけるとテインタンに言った。

「テインタン！　このミンラを収拾《しゅうしゅう》後、私は首都ネーピーに向かう。その際にはテマレン将軍に御同行《ごどうこう》をお願いしろ。その上で私は新政権の樹立を宣言する！」

「ハッ！　了解《りょうかい》いたしました！　直ちに連絡いたします！」

テインタンは敬礼すると退出しようと体を翻す。

この時、テインタンはマットウのサングラスの端から流れていた涙を見逃《みのが》してはいなかった。だが、テインタンは上官の涙を見て見ない振りをするためばかりに体を翻したのではない。

司令官室を退出したテインタンは……まず自分自身の目を拭ったのだった。

◆

グルワ山の中腹にある洞窟の入口の前でガストンは祐人《ひろと》の帰りを退屈《たいくつ》そうに待っていた。

ガストンは倒された大木の幹に座《すわ》り、珍《めずら》しく大きなため息を吐《つ》く。

「祐人の旦那《だんな》。結局、使ったんですね、あの力を。しかも、私の時より強い力でした」

ガストンは祐人の記憶《きおく》から直接知った、祐人に施《ほどこ》されている封印《ふういん》について思い出していた。

「確か封印は七つ。両手両足、頭部、腹部、そして、胸部に封印が施されているんですよね～。私の時は両手の封印解除だけでしたが、今回はそれ以上の封印を解いたんですね」

ガストンは考え込むように顎に手を添える。

「まったく……こんな危ない封印を旦那がいつでも好きに解除できるようにしてるって、

何を考えているのか私にも分かりませんよ、あの変態仙人《せんにん》たちは」

実は以前、ガストンは変態仙人こと纏蔵《てんぞう》と孫韋《そんい》と会ったことがある。

というよりも祐人に会いに行こうと歩いていたら、突然、背後からひどく酔《よ》っぱらったこの二人に捕《つか》まり、祐人の実家である道場まで強引《ごういん》に連れて行かれたのだ。

伝説の不死者であり身長１９０を超えるガストンがこのニヤニヤ笑っている二人の不良老人に捕まり、ガストンも必死に抵抗《ていこう》したのだが老人たちはビクともせず、どうすることもできない。

結局そのまま強制的に道場の縁側《えんがわ》に座らされ、何をされるのかと千五百年で初めて緊張《きんちょう》で顔を強張《こわば》らせたガストンに泥酔《でいすい》状態に見える纏蔵と孫韋は、にへら～、と笑った。

「ウヒャヒャ！　吸血鬼《きゅうけつき》、発見じゃ！　いいのを見つけた！　付き合え、付き合え！　我が孫を頼《たの》むぞ！」

「そうだの、そうだの、珍しいのがいたの！　飲め、飲め！　おぬし、我が弟子《でし》の契約魔《けいやくま》だの？　では、楽しめ！　ほっほっほー」

「え？　え？　ちょっ！　あわわ、あなたたちは旦那の……んぐ！」

ハイテンションに笑いながら大量の日本酒と焼酎《しょうちゅう》、そして、老酒《らおちゅう》を並べた老人二人はガストンの口に次々に酒を流し込む。

ガストンは別に酒が嫌《きら》いでも弱いわけでもない。いや、というよりも酒は強いのだ。ほとんど酔った記憶すらない。

ガストンは意味も分からず、突然現れた老人たちに永遠とも思える酒宴《しゆえん》に付き合わされる。もちろん、纏蔵たちも飲みっぱなしだ。

その後、ガストンは生まれて初めて記憶をなくすまで酒を飲み尽《つ》くした。酩酊《めいてい》したガストンは意識を失い、気付くと二人の仙人の間に吸血鬼という組み合わせの三人で道場の縁側で朝を迎《むか》えたのだった。

「うぷ……」

その時の記憶の断片《だんぺん》が思い出されてガストンは気持ち悪くなった。

ガストンはこの千五百年の経験で初めて、初対面にもかかわらず『二度と会いたくないランキング一位』に位置付けた不良老人たちの顔を頭に浮かべるとすぐに抹消《まつしよう》する。

(あれは歓迎《かんげい》だったのか、嫌がらせだったのか、今でも分からないですね～。取りあえず、仙人という人たちには、もう会いたくはないですが……)

ガストンは、悪夢を振り払うように頭を振ると、再び祐人の封印について考える。

「この力は旦那と契約《けいやく》してよく分かってきましたよ。これは、あんまり使わせちゃダメな力ですね。これからは私もしっかりしないと。危なく旦那との大事な契約が引き剥《は》がされそうになりました……うん？　おお、旦那ぁ！」

　ガストンは洞窟から出てきた祐人を見つけて手を上げた。

「ガストン！　あ……お前……覚えてくれてるんだ」

「何を言ってるんですか！　旦那は私のやっとできた二人目の友人なんですよ。そんな簡単には友人を止《や》められますか。あ、話は後です。変な奴《やつ》らがここに来ましたんで、すぐにここを離れましょう。そろそろ戻《もど》ってくると思いますから今のうちに！」

「う、うん、分かった」

　祐人とガストンはミンラで拝借した軍用ジープまで走り、乗り込むとすぐにガストンがエンジンをかけて走り出す。

「ガストン、変な奴らって？」

「恐《おそ》らくですが、あれは機関の連中ですね。ここを調査しに来たんでしょう。もしくは偵《てい》察《さつ》かもしれません。見たところ、まあまあの手練《てだ》れがいました。スルトの剣《けん》の討伐《とうばつ》部隊の可能性が高いですね。ですがあれじゃ返《かえ》り討《う》ちでしたでしょうから、本隊ではないんだと思います。まあ、ちょっと交じって適当に迷子にさせておきましたが」

「え⁉　お前、それ大丈夫《だいじょうぶ》なの？」

「大丈夫ですよ、私のことも分かりはしません。それより旦那、傷は大丈夫なんですか？」

「ああ、これくらい大したことないよ。でも、機関の討伐部隊か……じゃあ、交代する能力者がもう来てたのか」

「多分、そうでしょう。どんな連中かまでは分からないですが、旦那のことを知ったら面《めん》倒《どう》なことになりそうと思ったんで色々とやっときましたよ。もちろん、だ・ん・なのために」

ガストンの言いように祐人は苦笑いする。

「それとも旦那がスルトの剣を倒したことが知れた方が良かったですか？」

「いやいい。これは任務とは違《ちが》うし、僕が勝手にしたことだしね……」

「そうですか、そう言うとは思っていましたが」

「……ガストン」

「はい」

「ありがとう……」

ガストンは祐人の感謝の言葉に笑《え》みを浮かべる。

「ふふん、旦那もこれで私にうるさく言うのは無くして欲《ほ》しいもんですね～」

「ぐ！　分かったよ、もう。あ、それとガストンさ、ちょっと提案があるんだけど」

「何です？」

「前から考えていたんだけど、ガストンもさ、僕の家に来ない？　ほらお前、一応、お尋《たず》ね者《もの》だし。まあ、強制はしないけど」

「え⁉　だ、旦那……」

「今回の報酬《ほうしゅう》って思ったよりもすごく良かったからさ、家も大部分を修復できると思うし……そうすれば、あの無駄《むだ》にでかい家も使えるようになるからね。ガストンだってちゃんとした家があった方が良いでしょ？」

「だ、旦那……そんなことを考えてくれて」

「うん、どうかな？」

　祐人の思わぬ申し出にガストンは肩を震わせる。

　そして、片手で口を押《お》さえ、ちょっと潤《うる》んだ目をギュッと閉じた。

「ガストン？　うん？　あれ？　お前、感動するのはいいけど……前を見てる？　うおい！　ちょっと⁉　目を開けてくれ！」

「旦那ぁあ！　うわーん！」

「ぬわ！　ガストン！　こ、こら、だから運転中でしょうが！　抱《だ》きつくな！　ガストンって……？　あああ！　ガストーン、前見て！　前えぇぇ――――！」

　感極《かんきわ》まったガストンは祐人に抱き着《つ》いたまま離《はな》れない。顔を青くした祐人はガストンを引き離そうとするが、前方の下り山道の急カーブが祐人の視界に入る。

「旦那ぁぁ！」

ガストンと祐人を乗せた車は猛《もう》スピードで山林に突っ込み、二人は軍用ジープから派手に放《ほう》り出《だ》されたのだった。

「のわぁ――！　ブベベ！　この馬鹿ガストン！　この馬鹿《ばか》吸血鬼《きゅうけつき》ぃぃぃ！」


深夜になって数刻経《た》ち、祐人とガストンはようやくミンラのすぐ近くまでやってきた。

祐人の服はスルトの剣との戦いの後よりもボロボロになっており、軽くやつれた顔で膝《ひざ》に手をついた。一体、何十キロの距離《きょり》を走ってきたのかも覚えていない。

「ゼーゼー、やっと……着いた。さ、さすがに疲《つか》れた」

「いや～、着きましたね～。でも思ったより早く着きましたよ、これで休めますね、旦那！」

「なぁにが思ったより早くだよ！　ガストンのせいで寝《ね》ずに走りっぱなしだ！　車も壊《こわ》しちゃってどうすんの！　しかも山林に突っ込んだときの擦《す》り傷《きず》で体中が痛いわ！」

「まあまあ、旦那があんなことを運転中に言うからですよ～。それに旦那なら受け身ぐらいとれたでしょうに」

「ああ、そうだな、お前が抱きついてなけりゃな！　お前はいいよな、すぐに傷が治るんだから！　こっちは山林の斜面《しゃめん》を受け身もとれず、何十メートルも転がったおかげで貴重な服がボロボロだよ！」

　プンプンしている祐人を見てもガストンは澄《す》ました表情。するとガストンは珍しく険しい表情を一瞬《いっしゅん》だけ見せ、祐人に体を向けると口を開いた。

「旦那……一言だけ言わせて下さい。あまり言いたくはないですが、あの力の使用はなるべく避《さ》けて欲しいです」

「……え？」

「私たち人ならざる者と旦那との繋《つな》がりは非常に強固なものです。ですからこの互《たが》いを繋げる糸はそう簡単には切れはしません。私たち人外との繋がりは奇跡《きせき》とも言えるもので、一度の出会い、一度の契約が非常に重いものなので」

　ガストンは神妙な顔で話し続ける。

「ですが……人間たちは違います」

「……」

「人間たちは私たちと比べてはるかに短い命であるにもかかわらず、他者との繋がりは継《けい》続《ぞく》的に触《ふ》れ合《あ》うことで、互いが互いをより深く認知《にんち》することで強固になっていくんです。もちろん運命的なものや魂《たましい》が引き合うこともあります。ですが通常、人間同士の縁《えん》とは繋がりを育《はぐく》むことでどんどん強くなっていくんです。それは人が生きていく上で大変貴重で、そして、非常に強い力になるものだと私の一人目の友人であったソフィが……言っていました」

ガストンからソフィという名を聞き、祐人はガストンの記憶の中で見たソフィア・サザーランドの姿が思い出された。それは……ガストンにとって、とても大事な、特別な存在であった人、ガストンを初めて孤独《こどく》から解放した女性だ。

「旦那のあの力は、この人の縁の糸を使ってしまいます。もちろん、まだ繋がったばかりの細い糸などは簡単に切られてしまうでしょう。それが、これからどんなに貴重なものに育っていくかも分からないものでも、です。人と人の出会いは力なんですよ。時には歴史すら動かすぐらいに。であるが故《ゆえ》に、この貴重な糸を使うあの力は、あれだけ強大でもあるんです」

黙《だま》って話を聞いている祐人をガストンは案じるように見つめる。

「いやあ、私は旦那に辛《つら》い思いはして欲しくないですからね。まあ、あんまりあの力は使わない方がいいって話です」

「そうだね……ガストンの言う通りだよ。ありがとう……ガストン」

祐人はガストンの気持ちに心から感謝した。

言葉にすると味気なくなってしまうのがもどかしいくらいに。

ただこの時、祐人の脳裏《のうり》にニイナの泣き顔がよぎった。

そして、祐人は目を瞑り、静かに笑う。

「ガストンの言うことは分かってはいるんだよ。分かってはいるんだけどね……」

ガストンは祐人のその表情を見て苦笑いし、息を吐いた。

「まあ、そこが旦那らしいといえば、旦那らしいんですがね～。今のそのボロボロの恰好《かっこう》も旦那らしいですけどね」

「ぐ！　それはどういう意味だよ！　服がボロボロなのは、ほとんどガストンの……！」

「ははは、いや～、今回は災難でしたね～。本当に不幸な事故でした。あ！　私はこれで帰りますんで日本で会いましょう、旦那。それと言い忘れていましたが、嬌子《きょうこ》さんたちも先に家に帰るってさっき言ってましたよ」

「何が不幸な事故だ！　え？　みんなが？　そうなの？」

「ええ、なんか、みんな色々と準備があると仰《おっしゃ》っていましたよ？　だから祐人の旦那に早く帰って来てね、と伝えておいてとのことでした」

「準備って何だろう？　っていうか、ガストンたちってどこにいても連絡がとれんの？　い、いや、今はそんなことはいい！　ガストン、お前は……」

「はい！　では、私はこれで！」

「あ、こら！　まだ話が！　ぐぬぬ……に、逃《に》げやがった～」

ガストンが姿を消し、ボロボロの恰好で一人地団太を踏《ふ》む祐人。

もう、ガストンを追いかけて説教する気力も湧《わ》かない。

祐人は仕方なくミンラに入り、マットウの家へ向かった。

ミンラに入ると朝日が昇《のぼ》り始め、ミンラの街並みを徐々《じょじょ》に照らし出した。

ミンラの街並みはとても妖魔《ようま》の大群に襲撃《しゅうげき》を受けたとは思えないほどいつも通りで、瑞《みず》穂《ほ》とマリオンたちが妖魔たちにミンラ内への侵入《しんにゅう》を許さなかったことが窺《うかが》える。

「さて、と」

祐人はミンラ市街中心に南北に延《の》びる大通りを北へ歩き、マットウ邸《てい》の大きな門が見えたところで立ち止まった。

門の両脇《りょうわき》にはマットウの兵たちが昼夜を問わず警備している。通常はこのまま門まで行き、中に入れてもらえばよいのだが、祐人は今の自分ではそれが難しいことを悟っている。

こういったことは魔《ま》界《かい》でも経験済みなのだ。

（どうしたものかな？　仕方ない……申し訳ないけど勝手に入らせてもらおうかな。取りあえず、瑞穂さんとマリオンさんに会ってから考えよう）

一瞬、沈みかかった気持ちを奮《ふる》い立たせた祐人は、マットウ邸の正面入口を避けて東側に移動し、敷地《しきち》を囲う高い壁《かべ》を飛び越えて中に入ることを決めた。

(何やってんだか、僕《ぼく》は。なんか、これ、泥棒《どろぼう》みたいで嫌なんだけど……)

マットウ邸の東側の壁近くで姿を隠しながら見回りの兵が過ぎ去っていくのを待つ。

ここで祐人は大事なことに気付いた。

(やっぱり、これで中に入ったとしても、どうするんだ？　瑞穂さんとマリオンさんが僕のことを忘れていたら、特に瑞穂さんのことを考えると、大事になりそうな……)

そう考えて祐人はその場で立《た》ち尽くしてしまう。

そして、ガストンの言っていた言葉が思い出される。

〝あの力は人の縁の糸を使ってしまいます……〟

だが、祐人はすぐに顔を上げた。

今は忘れられていてもいいじゃないか、と。そして、また思い出してもらえばいい。

(もし忘れていても、あの二人なら、また思い出してくれる。すぐには無理でも……いつか必ず。いや、また思い出してもらえるように努力しよう。だって、一度は思い出してくれたんだ、二度目だってあるよ)

祐人は少しだけ寂《さび》し気《げ》に、だが力強く一人頷《うなず》いた。

「そうだよ、後はなるようになる。うん、正面から行こう！」

「当たり前です、祐人さん。何を一人で言ってるんですか？」

「え⁉」

突然《とつぜん》の呼びかけに、祐人は驚《おどろ》き振り向《む》いた。

「マ、マリオンさん！」

そこには微妙《びみょう》な顔で目を瞑り、呆《あき》れたようにしているマリオンがいた。

「もう……何をしているんですか。心配をして門で待っていれば、遠くからボロボロの恰好の人が見えたんで、まさかとは思いましたが、やっぱり祐人さんでした。それにこんなコソコソして……。何か理由があるのかと私も思わず気配を消してしまいました」

「あ……いや、ほら、僕は……」

「話は中で聞きますから！　さあ、行きましょう、瑞穂さんも寝ずに待っていますから」

「え……四天寺《してんじ》さんも？」

ちょっと不機嫌《ふきげん》な感じのマリオンに言われると祐人は頷き、促《うなが》されるまま警備兵のいるマットウ邸の正門を抜《ぬ》けて中に入って行く。

祐人は門から屋敷《やしき》まで続く長い道を歩きながら、自分の前を歩くマリオンの背中を呆然と眺《なが》めていた。

さっきの自分に対するマリオンの言葉と態度。

それは、ミンラからグルワ山に向かう前と変わりがない。そう、まったく変わりがないのだ。それの意味することがどういうことなのか祐人にだって分かる。

祐人はマリオンの後ろ姿を再び見つめ拳《こぶし》を握《にぎ》ってしまう。

今の祐人は、ただ、これだけのことが……たったこれだけのことが、どれだけ嬉《うれ》しいことか分からない。

何故なら……自分とまだ繋がってくれていたのだから。

今回のスルトの剣との戦いはただ、自分の我を通したものだ。瑞穂とマリオンには、その自分のわがままを受け入れてもらい、グルワ山に送り出してもらっている。

つまり、今回の祐人の行動は瑞穂とマリオンには迷惑《めいわく》しかかけていないのだ。

それにもかかわらず、この二人は覚えていてくれた。

祐人はマリオンの後ろで決してマリオンに気付かれないように、自分の泥《どろ》と埃のついたボロボロのシャツの袖《そで》で……静かに涙を拭《ぬぐ》った。

そして、前を歩くマリオンはその祐人の状態を知ってか知らずか……ただ前を向いたまま目を瞑り、微笑《びしょう》した。

「それで！　何であの力を使ったのか言いなさい！」

もう何度目になるだろう？　という同じ質問が祐人にぶつけられる。

「いや、だから思ったより敵が強くて……ほら、みんなも襲《おそ》われてたし、早く倒《たお》さないと」

「私はそんなことを聞いてるんじゃないのよ！」

「はひ！」

◆

今、祐人は仁王立《におうだ》ちしている瑞穂とマリオンの前で……正座をさせられていた。

屋敷に到着後、マリオンに連れられ、そのままマリオンと瑞穂の部屋へ向かった。

マリオンがドアを開けると瑞穂が部屋の中を右に左にウロウロしている。

そして、瑞穂は祐人が帰ってきたことが分かると目を大きく開けて嬉しそうな、ホッとするような表情を一瞬だけ見せた。

だが、祐人の姿がボロボロであったことから驚いたように祐人に駆《か》け寄《よ》り、若干《じゃっかん》、隈《くま》のできた目で祐人の状態を確認し、問題が無さそうと判断した途端《とたん》に……、
瑞穂の表情が仁王そのものになった。

突然、現れた眼前の脅威《きょうい》に祐人の身体《からだ》が無意識的な離脱《りだつ》行動をとろうと動く。

しかし、それと同時に背後から祐人の肩にガシッと手が掛《か》かった。

身体が硬直《こうちょく》する祐人。

力強く自分の肩を掴む主に振り向くと先ほどまで祐人の体を心配し、体の調子をしつこく聞きながら部屋まで案内してくれたマリオンが……笑顔《えがお》を見せていた。

だが、その優《やさ》しい笑顔の背後には獲物《えもの》を前にした獅子《しし》の幻像《げんぞう》が……。

こうして、今の状況に至るのだった。

腕《うで》を組み、直立不動の瑞穂が眉を吊《つ》り上《あ》げて祐人を見下ろしている。

「いい？　あの力を使うとみんなに忘れられてしまう可能性があるわけよね、祐人」

「う、うん……」

「それで何故《なぜ》、あの力を使ったのか教えなさい」

また、同じ質問。

祐人はこの問いに何度も答えているのだが、まったく納得《なっとく》をしてくれないのだ。

「えっと、だから……」

「フフフ、祐人さん」

「ヒッ！」

そこに笑顔のマリオンが割って入ってきた。

マリオンは仁王立《だ》ちしている瑞穂の前で体を屈《かが》めると、正座している祐人の目線に高さを合わせた。顔は笑顔のままだ。それはいい笑顔なのだが……その瞳に光がない。

「分かりました。お馬鹿《ばか》さんな祐人さんのために言い方を変えます……ね？」

祐人の体がガクガクと震えだし、額から汗《あせ》が止まらない祐人が何度も頷く。

「祐人さんはあの力を使うと今まで関わった人たちにも忘れられてしまう、いいですね？」

「ははは、はい」

「その関わった人たちの中には……私たちもいるんですよね？」

祐人が頷こうとすると瑞穂が我慢《がまん》しきれないというように声を上げた。

「そう！　それが言いたかったのよ！」

「へ？」

「へ？　じゃない！」

恐怖《きょうふ》と緊張で頭が回らず、二人の言わんとしていることがまだ分からない祐人の態度に瑞穂の怒《いか》りが閾値《いきち》限界にまで高まる。

マリオンは相変わらず笑顔だが、目の光が完全に……消えた。

「つまり……祐人さんは私たちが祐人さんを忘れても構わない、という判断をしたということですね？」

「……え？」

祐人がハッとしたように顔を上げた。

こちらを静かに睨《にら》む瑞穂と笑顔を消して寂しそうな表情のマリオンを交互《こうご》に見つめた。

すると祐人は咄嗟《とっさ》に大きな声を出してしまう。

「違うよ！　全然、違う！」

これだけは誤解されたくないと祐人は真剣《しんけん》な表情で訴《うった》える。

「僕は二人に忘れて欲しくなんてないよ！　あの時、僕はそんなことを考えてなんかいないんだ。むしろ、その逆で……」

祐人の言葉に瑞穂とマリオンの顔から険が消えていく。

「あの時……あのロキアルムという奴はどうしても許せなかった。あいつは自分の世界のみを肯定《こうてい》して、それ以外の人たちを虫けらみたいに考えていた奴だったんだ」

祐人は自分の考えていたことを必死に言葉にしていった。

「確かに、僕は頭に血が上ってしまっていたけど敵が予想以上に強く、危険だったのは本当なんだ。あのままにはどうしても出来ない。もし、僕があの場所から逃げてしまったら、ミレマーだけでなく瑞穂さんやマリオンさんにもどんな危険が迫《せま》るかも分からなかったんだ」

「あのワンコですね？　私と戦った時の比ではない力を感じましたけど……」

「うん、あいつはそのワンコをガルムと呼んでた」

「なんですって！　それは本当なの⁉」

「まさか……そんな神話級の魔獣《まじゅう》が。じゃあ、私と戦った時のガルムは十分の一の力も出せていなかったんじゃ」

瑞穂とマリオンは今回の敵が想像していたよりもはるかに強大な危険性をはらんでいたことを知った。もし、ガルムのような超魔獣《ちょうまじゅう》が完全体で召喚《しょうかん》されていたとすれば機関を挙げて対処しなければならない案件だ。

「でも、僕は瑞穂さんとマリオンさんに甘《あま》えていたのかもしれない」

「え？　それは？　祐人」

「祐人さん、それは？」

甘えていた、という発言に何故か少し嬉しそうな二人。

「二人は一度、僕を思い出してくれたから……もし、また忘れられても僕が努力すれば、もう一度、思い出してくれるって思ってしまったんだ。それで、勇気も湧いてきて……」

瑞穂とマリオンは顔を見合わせた。

そして……静かに笑い合う。

それはどこか、何かを諦《あきら》めたような雰囲気《ふんいき》もあったが。

「分かったわ、祐人」

「……え？」

ようやく納得してくれたことに祐人はホッとしたような顔になり瑞穂とマリオンに顔を向けた。少々、苦笑い気味にも見えたが、もう二人からは笑みもこぼれていた。

「もう、休みなさい。日本に帰る準備をするからそんなに長い時間は休めないけど。今日の夕方にはマットウ将軍に挨拶《あいさつ》をして出立するわ」

「あ、分かった」

「祐人さん、その前に傷を見せて下さい。手当をしますので」

祐人が立ち上がるとマリオンが新しい包帯と消毒薬等を出した。

そして、その後、何故か瑞穂とマリオンが包帯を取り合うようにしながら二人がかりで手当てをしてくれる。

二人に背中を向けていた祐人は何となく後ろを振り返ることは止めた。

祐人は瑞穂たちの部屋を出ると自分の部屋に向かった。

屋敷内《やしきない》は早朝にもかかわらずまだ騒《さわ》がしく、屋敷内を走る兵士たちもいた。どうやら臨戦態勢を解き、庭にあった作戦本部を屋敷に移したらしい。

屋敷の長い廊下《ろうか》を歩き、前方に階段が見えてきた。

祐人はドキッと心臓が跳《は》ねる。

階段のところに兵たちと共に忙《いそが》しく動いているアローカウネと……ニイナの姿を見つけたのだ。ニイナは何かを急ぐようにアローカウネと話をしている。

祐人は緊張した面持《おもも》ちで歩くスピードが無意識に遅《おそ》くなった。

「そう、アローカウネ、お願いね！　私は市民を家に帰るように先導するわ」

「はい、お嬢《じょう》さま。承知いたしました」

ニイナは慌《あわ》ただしくアローカウネと別れると祐人のいる方向に小走りで向かってきた。

祐人は鼓動《こどう》が激しくなり、近づいて来るニイナを見つめてしまう。

この時、祐人とニイナの視線が交差した。

祐人に気付いたニイナの表情が一瞬だけ怪訝《けげん》そうになったのが見える。

祐人はどうしていいか分からない。

ついにニイナは目の前まで来た。

祐人は意を決してニイナに声をかけようと手を上げる。

だが……二人は言葉を交《か》わすことはなかった。

ニイナは走るスピードを落とさず祐人の横を走《はし》り抜けていった。

祐人は上げかけた自分の右手を見つめる。

すると、祐人は寂し気に笑い……だが、どこか納得の顔でその手を握りしめた。

そして、祐人は歩みのスピードを上げて屋敷中央にある階段を昇って行くのだった。

小走りで急ぐニイナは何故かハッとして立ち止まり、後ろを振り返る。

そこには……忙しく動く数人の兵士しかいない。

ニイナはしばらくそうしていたが、自分の為《な》すべきことを思い出すと再び走り出した。


夕方になると瑞穂とマリオン、そして祐人は荷物をまとめマットウの自室に赴《おもむ》いた。

マットウはまだ戦いの後処理で忙しそうで部屋の中に招かれると何かを報告に来ていた兵士とすれ違う。

マットウはテインタンと会話を交わしていたが瑞穂たちに気付くと立派な椅子《いす》から立ち上がり、わざわざ瑞穂たちの前までやってきた。

「マットウ将軍、護衛任務完了《かんりょう》の報告と日本に帰る前の挨拶に参りました」

「うむ、この度は本当に世話になった。いや、こんな言葉では言い尽くせないほどの瑞穂君たちの英雄的《えいゆうてき》な働きに私も感謝するばかりだ。この度の勝利はすべて君たちのおかげだ。

ミレマーを代表してお礼を言いたい」

そう言うとマットウは頭を下げた。それに合わせてマットウの後ろに控《ひか》えていたテインタンも頭を下げる。

この目上の二人の軍人の姿に瑞穂は慌てた。

「将軍、頭を上げて下さい。これも私たちの仕事の一環《いっかん》です。今回の件は機関にとっても放っておくことのできないものでした。それに個人的にもこの敵は許せない連中でしたですが、すべては片付きました。これはお互いにとって喜ばしい事です」

マットウは瑞穂の言いように改めて感謝するように微笑した。

「そう言うには返しきれないほどの恩を受けているのはこちらなのだが……。いや、申し訳ない、そう言って頂けると少しだけ肩の荷が下りる」

「ニイナさんにもご挨拶をしたかったのですが、いらっしゃらなかったのでよろしくお伝えください。それと、これは私とマリオンの連絡先《れんらくさき》です。ニイナさんと交換《こうかん》する約束でしたのでお渡《わた》ししておきます。それとこれは内密にお願いします。厳密には禁止されていませんが、機関で推奨《すいしょう》されていることでもありませんので」

瑞穂は微笑《ほほえ》みながらメールアドレスと携帯《けいたい》の連絡先を書いた紙をマットウに手渡《てわた》した。

「そうか……すまない。おそらく、まだ町の方に行っておるのだろう。あれも昨日から寝ずに働いているので、少し休めと言ったのだが聞かなくてな。頑張《がんば》っているのは分かっているのだが周りが見えなくなって瑞穂君たちの出立の時に居《お》らんとは……。いや、分かった、しっかり伝えておく」

一通り話をするとマットウは瑞穂と握手《あくしゅ》を交わす。

次いでマリオンにも握手をし、そして……祐人にも手を出した。

祐人はマットウの顔を正視してその手を握り返す。

「マットウ将軍、これから大変だと思いますがお体にはお気をつけください。僕は日本からミレマーの発展を応援《おうえん》しております」

「うむ、ありがたい。ええ……」

マットウが言葉に詰《つ》まった理由が分かる祐人は笑顔を見せた。

「あ、堂杜《どうもり》祐人です。微力《びりょく》ながら今回の仕事を全力で働かせてもらいました」

「う、うむ、感謝する、堂杜君」

「はい！」

その祐人とマットウのやり取りを複雑な表情で瑞穂とマリオンは見つめていた。

事前に祐人から「敢《あ》えて説明する必要はないよ、混乱するだけだから」と言われていたのもある。だがこれではあまりに……という気持ちが瑞穂とマリオンの中に湧き上がった。

しかし、祐人は視線で瑞穂とマリオンを制止し、少女二人は口を閉ざした。

瑞穂たちが退出するとマットウは執務《しつむ》を行う椅子に座り、考え込むような表情で横にいるテインタンに声をかけた。

「テインタン」

「はい」

「先ほどの少年……堂杜君だったか。お前は彼《かれ》を知っていたか？」

「いえ、私は何も……」

「ふむ……」

「どうかされましたか？」

「いや、どうということでもないのだが。何故か、彼が出て行く姿を見て……こう、掛けがえのない戦友と別れるような、不思議な気持ちになってな」

「……は!?　将軍もでしたか……」

「何？　お前もか？」

「はい。実はあの少年の姿を見た時から胸の奥《おく》がチリチリと罪悪感のような不思議な感覚になりました。何と言いますか……最大の功労者の英雄《えいゆう》を放り出すような気分です」

「彼の名は、ドウモリ……」

「ドウモリ……ヒロトと言われました。ハッ……将軍、まさかヒロトとは……」

「どうした、何か思い出したのか？」

「いや、しかし……そんなわけは。いえ、化け物に対する防衛をしていた都市からの報告でヒロトという謎《なぞ》の文言が複数ありました。中にはヒロトという友軍が援軍《えんぐん》を送ってきた、とか、他にもヒロトという名があがっていた覚えがあります」

マットウはテインタンの報告に心が引っかかった。

「まさか、あのような少年が……それに関係すると」

マットウとテインタンが沈黙《ちんもく》する。

するとこの時、部屋のドアがノックされ、部下が報告にやってきた。

「報告します！　先ほどテマレン将軍から首都ネーピーへの同行を承諾《しょうだく》する旨《むね》の連絡《れんらく》が入りました！　テマレン将軍はいつでも行ける、とのことです」

「そうか！　テインタン！」

「はい！　早速《さっそく》、ネーピーの司令官に連絡して凱旋《がいせん》の用意を打診《だしん》します。それと新政権樹立の文言もグアラン閣下の部下たちに急ぎ作成させます！」

「うむ、頼《たの》む！」

一気に活気づいた司令官室でそれぞれが忙しく動き出した。

◆

瑞穂たちがミンラを出立して十数分後にニイナは市街から帰ってきた。

ニイナはようやく仕事がひと段落し、自室に入った途端に極度の疲労《ひろう》感が全身を包み、強烈《きょうれつ》な眠気《ねむけ》が襲ってくるのを感じた。

それもそのはずでニイナは昨日から一睡《いっすい》もしておらず、自室に帰ってきた時には既《すで》に夕方になっていた。初めての戦闘《せんとう》という緊張《きんちょう》感からも解放され、今はすぐにでもシャワーを浴びて、とにかく睡眠《すいみん》をとりたかった。

ニイナはシャワーを浴びようとクローゼットから着替《きが》えをとろうとした時、自分のデスクの上に何かが置かれていることに気付いた。

「これは……？」

ニイナは眉《まゆ》を顰《ひそ》め、デスクに近づく。

そこには……メモが書かれた紙と拳銃《けんじゅう》が置いてあった。

ニイナは拳銃を手に取った。

すると、何故かニイナは胸が締《し》めつけられるような気持ちになってしまう。

（何かしら、この感覚は……）

その拳銃は護身用にとアローカウネから貰《もら》ったものなので、デスクの上に置いてあること以外は別段、気にすることではないはずだった。

それに、ニイナはこの拳銃をデスクの引き出しから出した覚えもある。そのままデスクの上に置いて来てしまったのだろうと考えた。

（でも……だとしたら、このメモは？）

ニイナは拳銃に添《そ》えられるように置いてあった四つ折りにされたメモを広げた。

そこには決してきれいな字ではなく、拙《つたな》い数行の文章が英語で綴《つづ》られていた。

『ニイナさん。すみません、勝手にお借りしていたものをお返しします。これからのミレマーに、そして、ニイナさんに、この銃《じゅう》が必要にならないことを祈《いの》っています』

ニイナは拳銃に目を向けた。

その拳銃に弾丸《だんがん》は込められていない。

昨日、この拳銃に弾丸を込めた記憶《きおく》はあるのだが……。

ニイナの右目から熱いものが頬《ほお》を伝わり、メモの上に落ちた。

そこで初めてニイナは自分が泣いていることに気付き、驚く。

ニイナは窓の外を呆然《ぼうぜん》と眺めるとハッとしたように体を翻《ひるがえ》し、走り出した。

ニイナは何を追いかけているのか、自分自身も分からない。

分からないのだが、何かを自分は探している。

それは、このまま……このまま無くしてはならないものがあるように心の奥底《おくそこ》からの感情が沸《わ》き上がったのだ。

ニイナは廊下を走り、まだ兵たちが出入りしている玄関《げんかん》の大きなドアを開けて中庭まで出てきた。

ニイナは何度も辺りを見回し、探し続けた。

もう、今のニイナに何を探しているのか、ということすら頭にはなかった。

ニイナは両目から涙《なみだ》を流し、ただ、ただ、探している。

今、あるのは心から沸き上がる衝動《しょうどう》だけ。

ニイナは、日も暮れた中庭の中でアローカウネにその姿を見つけられ、止められるまでの長い間、そうしていたのだった。

第5章　帰宅

祐人《ひろと》は自宅の門の前に帰ってきた。もう辺りは暗くなってきている。

「ふう、やっと着いた。やっぱり、こんなボロ家でも帰ってくれば自分の家なんだな～って思うよ」

一息ついたように祐人は顔を和《やわ》らげた。

祐人はみすぼらしい大きな門を開けて中に入って行った。

（みんな、いるかな？　今回のお礼をしなきゃね！）

祐人は、そう考えながら、取りあえず仮自宅のテントに荷物を置きに向かうのだった。

この数刻前、祐人が空港に着くと四天寺《してんじ》家の従者である神前明良《かんざきあきら》が瑞穂《みずほ》とマリオンを車で迎《むか》えにやって来ていた。ここで初めて祐人はマリオンが瑞穂の実家に住まわせてもらっていることを知って驚く。

瑞穂は祐人を自宅まで送っていくと提案してくれたのだが祐人はそれを断り、一人電車で帰ってきた。

瑞穂は祐人がここで別れると言うのを聞くと、何故か一瞬、不安げな顔をしたが頷いた。

だが、この別《わか》れ際《ぎわ》に瑞穂とマリオンに三つのことをきつく何度も言《い》い渡されている。

一つめは、今回の報酬《ほうしゅう》で必ず携帯電話を購入《こうにゅう》すること。

二つめは、当然、その連絡先を教えること。

三つめは、ミレマーでした約束通り、通っている学校名、自宅の住所を教えること。

祐人は二人の異様な気迫《きはく》に気圧《けお》されて何度も頷いた。

取りあえず一つめと二つめは、瑞穂とマリオンの携帯の連絡先を先に渡されたので、祐人が携帯を購入し次第《しだい》、速《すみ》やかに連絡することになった。

三つめは別にその場で答えられるものだったので、蓬莱院吉林高校《ほうらいいんきつりんこうこう》に通っていることと、現在の住所を紙に書いて渡した。

瑞穂とマリオンはその紙を食いつくように確認《かくにん》し、ようやく無罪放免《ほうめん》となった。

車の中からこの三人のやり取りを見ていた明良は信じられないものを見た、という表情になるとすぐにニヤッとする。

「じゃあ、瑞穂さん、マリオンさん、今回は本当にありがとう！」

「ええ、祐人も気をつけて帰りなさい」

「祐人さん、必ず連絡くださいね！」

「分かった！」

三人はお互いにそう言葉を交わすと瑞穂とマリオンは車に乗り込み、祐人は車が見えなくなるまで見送った。

後部座席に座《すわ》る瑞穂とマリオンは、いまだに見送ってくれている祐人を振り返《かえ》った。

「ふう─、まったく……携帯ぐらい持ってなさいよ。あいつは」

「ふふふ、でも、今回の報酬で携帯が買えるって言ってましたから。連絡を待ちましょう、瑞穂さん」

マリオンはそう言って瑞穂を宥《なだ》めた。

すると運転席の明良から声が掛かった。だがどこか芝居《しばい》がかっている。

「彼は同期ですか？　いや〜、まさか瑞穂様がミレマーで彼氏《かれし》を作ってくるとは思いませんでした。今日は家を挙げてお祝いしないといけませんね！」

明良の明るく大きな声に瑞穂が驚愕《きょうがく》し、顔が真っ赤に染まる。

「な！　ななな何を言ってるの、明良は！　違《ちが》うわよ！　あいつは……」

「そうです！　明良さん、違います！　瑞穂さんの彼氏でも何でもありません！　他人と言っても過言ではないです！」

「何ですって⁉　マリオン！」

「瑞穂さんが自分で言ったことです！」

「他人とまでは言ってないわよ！」

二人の少女の反応に明良はわざとらしく、さらに驚いたような声を上げる。

「あれ～？　違うんですか？　じゃあ、マリオンさんの恋人《こいびと》？」

「え⁉　そ、そんな恋人とか……でも、そんな日が」

「永遠に来ないわよ！　そんな日は！」

「なな！」

今度はマリオンが涙目で瑞穂を睨む。

後部座席が賑《にぎ》やかになり、明良は本当に楽しそうにしている。これは四天寺家の屋敷に着くまで退屈《たいくつ》しないとニヤニヤしていた。

だが、明良の頭に瑞穂の実父の毅成《たけなり》の顔がよぎると、あ～あ、と残念そうな表情に変わる。

（こりゃ、瑞穂様もその相手も大変ですね。ちょっとお節介《せっかい》かもしれないですが、朱音《あかね》様にそれとなく伝えておきましょう。マリオンさんもこの様子だと……公私ともに瑞穂様のライバルみたいで喜ばしいですね）

四天寺朱音は瑞穂の母であり、四天寺家の頭脳と言われている人だ。内密だが四天寺家の従者たちからは、殺成ストッパー、とか、瑞穂コントローラー、とも言われている。

この呼び名は従者たちの間でも最高機密に属するものだ。

しばらく二人の少女が後部座席で騒がしくしていると、瑞穂の携帯の着信音が鳴った。

「え……？　誰《だれ》かしら？　この番号はまったく知らないけど……」

瑞穂は見たこともない番号に不思議そうな顔をするが、取りあえず出てみる。

〝もしもし、瑞穂さん、ですか？　ニイナです〟

「ニイナさん！　ええ、瑞穂よ！」

横にいるマリオンもニイナと聞いて驚き、瑞穂を注視した。

内容は他愛《たあい》もないもので、今回、お別れの挨拶が出来なかったことの謝罪から入り、今後も友人として連絡を取り合いたいというものだった。

瑞穂はニイナの申し出に快く応じ、その後、マリオンにも代わったり、今現在のミレマーの話から、お互《たが》いの日常の話まで大いに盛り上がる。

やはりこの辺は国が違っても同世代の女の子同士だった。

〝じゃあ、また瑞穂さん。また、お会いできることを楽しみにしてます〟

「うん、そうね、日本に来る機会があったら、必ず連絡ちょうだいね」

瑞穂の話し方も若干くだけ、親密度合が増したのが分かる。

〝はい！　もちろんです。では……〟

電話を切ると瑞穂とマリオンは顔を見合わせて微笑した。

瑞穂たちは四天寺家に向かう前に一旦《いったん》、機関の日本支部のある新宿に寄り、支部長の大峰《おおみね》日紗枝《ひさえ》と面会して今回のミレマーでの任務終了《しゅうりょう》の報告をした。

日紗枝は瑞穂を見るや否《いな》や駆け寄って抱《だ》きつき、今回の任務の労をねぎらう。

「ありがとう、瑞穂ちゃん！　支部の運営資金も守られたし、良かったわ！　本当に良かった。スルトの剣《けん》の名が出たときには肝《きも》を冷やしたけど、さすがは将来の日本支部のエースだわ！　二人ともよく頑張ったわね！　天衣無縫《てんいむほう》もザマみろよ！」

後ろで秘書の垣楯志摩《かきだてしま》もハンカチで涙を拭っている。

日本支部幹部たちの大袈裟《おおげさ》な態度に瑞穂は戸惑《とまど》い気味になるが、喜んでくれているので放っておくことにした。

瑞穂とマリオンは今回のミレマーでの出来事を端的《たんてき》に報告すると、日紗枝と秘書の志摩に必ず伝えておこうと思っていたことを話した。

「日紗枝さん、今回の任務ですが増援《ぞうえん》を送ってくれてありがとうございました。三人でなければ、今回は切《き》り抜けられなかったと思います」

「そう、気にしないで……え？　三人？　あ、そういえば、そうだったわね。あれ？　誰を送ったんだったっけ？　志摩ちゃん」

「え⁉　あ……すみません。今、調べます」

二人の反応を見て瑞穂とマリオンは、やはり、という顔になる。

「堂杜《どうもり》祐人という私たちの同期です。ランクはDです」

「あ、ありました。確かに派遣《はけん》しています！　堂杜祐人ランクD……確かに瑞穂さんたちの同期ですね。申し訳ありません、すぐに名前が出ませんでした」

「志摩ちゃんも疲《つか》れてるんじゃないの？　スルトの剣やら……色々なことがあったし」

「いえ、こんなことがないようにしてはいるのですが……申し訳ないです」

瑞穂は日紗枝に顔を向け、祐人についての率直《そっちょく》な評価を伝える。

「今回のミレマーでの任務で彼の働きは非常に重要でした。これは贔屓目《ひいきめ》ではなく、彼がいなかったら、私たちはここにいなかった可能性すらあります」

「え⁉」

瑞穂の報告の内容に日紗枝と志摩は驚いた。

「大峰様、瑞穂さんの言うことは事実です。彼はランクDでありながら、その実績は私たちと同等以上だと言えます。そして、その実力も……です」

「な、何を言っているの、二人とも。どうやらその子が相当、活躍《かつやく》したようだけど、ランクはDよ？　それがランクAのあなたたちと実力が同等以上だと言うのは……」

「事実です。もし、一対一で彼と戦えば私は彼に勝てる気がまったくしません」

「……！」

日紗枝は瑞穂の話に二重に驚いた。

まずはその話の内容。もう一つは、あの四天寺瑞穂がそれを言ったということだ。

日紗枝の知る瑞穂はまず人を認めることがない少女だった。それは瑞穂の実力を考えると仕方のない事だとも思っていた。だが、今の瑞穂はそうではない。瑞穂の顔から幼さが取れたような落ち着きさえ見える。

（とても良い兆候ね。こちらが考えているよりもとても大きくなって帰ってきたわ。そのランクDの子、気になるわね。そこまで瑞穂ちゃんに言わせる子って……。瑞穂ちゃんのこの成長に影響《えいきょう》を与《あた》えているのは間違《まちが》いなさそうね）

日紗枝は真面目《まじめ》な顔で大きく頷いた。

「報告、よく分かったわ。こちらでも、その点はよく見ていきます。その堂杜君にも今度、会う機会を作ろうと思うわ」

「ありがとうございます」

日紗枝の言葉に瑞穂とマリオンはホッとしたように頬を緩《ゆる》めた。

この二人の将来のエースの反応を見て、日紗枝はさらに驚《おどろ》く。

日紗枝は余計、そのランクDの少年に興味が湧《わ》いた。それは横にいる志摩も同様だ。

このままでいけば日本支部の幹部、それどころか成長次第では機関そのものを背負って立つかもしれない二人の逸材《いつざい》に、ここまで言わせるというのは一体どういう少年なのか、と。

だが日紗枝は一旦《いったん》、そのことは横に置き、瑞穂とマリオンを見回すと決心したように口を開いた。

「そうね……一応、機密事項《じこう》だけど関係者でもある二人には伝えておきます。そんなに遠くない将来、あなたたちの機関での役割は大きくなるわ。そのことを見据《みす》えての情報共有だと思いなさい」

「はい」

「今回のミレマーでの一連の出来事は機関本部の取《と》り扱《あつか》いで詳細《しょうさい》に調査が入ることになったわ」

「……！」

瑞穂とマリオンの目に力が籠《こも》る。

日紗枝はその二人の緊張する顔を見ながら話を続けた。

「それはそうでしょう、これだけの騒ぎよ。今、この事実隠《かく》しに機関、各国が総出であたっているわ。その理由としては相手があの〝スルトの剣〟ということもある。彼らをずっと追ってきたにもかかわらず、ミレマーでの暗躍《あんやく》を見逃《みのが》していた機関にも責任があるというのもあるのだけど……。実は、ちょっと、分からないことが多すぎるのよ。それも、些《さ》細《さい》なことではないものが……ね」

日紗枝は志摩から資料を受け取り、その書類に目を落とす。

「まず、一番の謎はスルトの剣が倒されたという事実よ。これが何故なのか、分かっていないの。仲間割れか、他の組織の介入《かいにゅう》か……今のところ、まったくの不明。これ自体、異常ね。それとスルトの剣の今回の動き……運よく壊滅《かいめつ》したからいいものの、やや性急にも見えた。ただね……本当に性急だったのか？　というのが問題よ」

日紗枝の引っかかる言い方にマリオンが反応する。

「それは、スルトの剣の計画があのまま進んでいれば次のステップが敵にあったということですか？　もしかするとスルトの剣に連動して動く他の組織や能力者がいた可能性があったと支部長はお考えなのですか？」

「まだ、分からないわ。だから調査が厳密に入るのよ。ただ、それを前提に進めていくでしょうね、調査とはそういうものよ」

「……」

「何はともあれ、今回はスルトの剣を倒《たお》した存在……これが一番の問題なのよ」

瑞穂は日紗枝の言うことに目を見開く。

「日紗枝さん、それはどういうことですか？」

「まあ、当たり前でしょう。スルトの剣は機関でもＳ指定の敵なのよ。これを倒せる力を秘《ひ》めた者がいるというのは下手をすると世界のパワーバランスにまで影響を与えるの」

「そ、そこまでなんですか」

「ええ、そうよ。その存在が組織なのか、個人か……いずれにしても、とてつもない存在であることには変わりはないわ。それともう一つ重要なのは、この存在がどのような理由でスルトの剣と対立したのか、ということ。行動原理を知らなくては対処も対応もできない」

「……」

「まあ、そういうことだから一応知っておいて。あなたたちも現地にいた当事者として、レポートが入る可能性も含《ふく》めてね。あ、あと、その……何だっけ？　そうそう、堂杜君にもね」

相当に大きな事態になっていることに瑞穂とマリオンは驚きを隠せないが、スルトの剣を倒した存在や行動原理の話題になってからは……途中《とちゅう》から聞き流していた。

瑞穂は今回のミレマーでの事件……その中身が詳細に解明された時、このこむずかしく考えている機関の大人たちは、どう思うのだろう？　と考え、同情すらしてしまう。

何故《なぜ》なら……、
スルトの剣の壊滅の理由は……ある少年の〝偽善《ぎぜん》と酔狂《すいきょう》〟によるものなのだから。

日紗枝から今、言ったことは内密に、と改めて言い含められると瑞穂とマリオンは頷《うなず》き、四天寺家に帰還《きかん》した。

◆

祐人は無駄《むだ》に広くボロボロで住めない日本家屋の横を抜《ぬ》けて中庭に設置されているテントに向かうが、何となしに家の雰囲気が違うことに気が付いた。

「あれ？　暗くて気付かなかったけど、なんか……家がだいぶ綺麗《きれい》になってない？　あ！　井戸《いど》が大きくなってる！」

祐人は驚きながら縁側《えんがわ》の前のテントのところまで来るとさらに驚く。というのも家の中から明かりが漏《も》れているのだ。まるで誰かが生活しているかのようだ。

「え？　これは……？」

祐人は荷物をテントに放《ほう》り込むと急いでボロ家だったはずの玄関に行き、引き戸をゆっくりと開けた。そして中に入り、祐人は玄関内を見渡《みわた》してみる。

（ど、どういうこと？　ミレマーに行く前より明らかに綺麗になっているよね）

「あ、帰ってきた！」

白《パイ》の元気な声と同時に玄関の明かりが灯《とも》されると廊下《ろうか》奥《おく》の左側の襖《ふすま》が開き、そこから飛び出してきた白とスーザンが飛びついてきた。祐人は二人を「うわっ」と抱きとめると嬌《きょう》子《こ》やサリーたちも全員、顔を出した。

「お帰りなさい！　祐人。遅いよ！　中々、帰ってこないから心配したんだよ！」

いち早く飛び出してきた白とスーザンが顔を祐人の胸に押《お》し付《つ》けてくる。

祐人は自分を出迎《でむか》えてくれた皆《みな》を見渡した。

ガストンから色々と聞いてはいたが、やはり、この慣れない状況《じょうきょう》に呆然としてしまう。

「みんな、覚えてくれてるんだ……」

「何を言ってるの？　今日あたりに帰ってくるって聞いていたから、忘れるわけがないでしょ！」

そう言って、心なしかいつもより白とスーザンはきつく抱きついてくる。

そこにゆったりとした夏物のセーターとデニムのスカートを身に着けた嬌子が日本酒の一升瓶《いっしょうびん》を片手に前に出てくる。どうやら既にちょっと酔《よ》っているようだ。

「みんなねぇ、祐人のこと、まだかまだかと待っていたのよ~。傲光《ごうこう》まで珍《めずら》しくそわそわして……見せてあげたかったわ、その面白《おもしろ》い姿を……ってあれ？　祐人？」

嬌子は目を潤《うる》ませ、唇《くちびる》をきつく結んで震《ふる》えながら静かに聞いている祐人に驚いた。

「ありゃ、親分はみんなが待っててくれたのがそんなに嬉《うれ》しかったんですかい？　結構寂《さみ》しがり屋《や》ですね」

「あ……あれ？　これはそんなんじゃなくて！　おかしいな、何で涙が、ゴ、ゴミかな？」

その様子を見て白とスーザンは顔を見合わせると白がニッコリと笑う。

「そうなの？　祐人。じゃあ、もっと感動させてあげるよ！　見て見て！　傲光と協力してこの家の直せるところをみんなで直したんだよ！」

祐人は右腕《みぎうで》で涙を乱暴に拭《ふ》くと白の言葉に吃驚《びっくり》してしまった。

「え？　みんなで⁉　やっぱり気のせいじゃなかったんだ！　す、すごいよ、ほとんど直ってるじゃない！」

祐人は、おおー、と感動しながら家の中を見渡す。

確かに、襖や障子といった細かいところはボロボロのままだが、柱や床《ゆか》、そして土壁《つちかべ》が新築のようになっているではないか。

　祐人は感動と仲間への感謝でプルプル震えだす。これは感謝してもしきれないと。

「うわぁ、すごい！　本当にすごい！　これなら家の修復費もいらない……って待てよ？　じゃあ……今回、こんなに頑張って働かなくても良かったんじゃ……」

　嬉しい半面、祐人はこの事実に気付き、違う意味でプルプル震えだした。

　そこに嬌子とサリーはニマニマしながら祐人を見つめる。

「ふふふ……しかも！　お風呂《ふろ》まで大きく作り直したから！　お湯も井戸の水で沸かせるわよ～？」

「そうですー、これはとても大事ですー」

「ほ、本当に？　じゃあ、もう銭湯に行かなくてもいいってこと？　もう、すごすぎて何て言ったらいいか……」

「だから、祐人、後で入ってみなさいな」

「う、うん！　楽しみにしてるよ！　うわぁ、超嬉しい！」

　嬌子とサリーはその祐人のはしゃぎ様にニコニコする。

　何故《なぜ》か、二人とも鼻息が荒《あら》いが。

「私も楽しみよ？」

「私も超楽《ちょうたの》しみですー」

その喜ぶ祐人をガン見する美女二人。

どこか捕食者《ほしょくしゃ》のような目をしていることに祐人は気付かない。

そこにスーザンが喜びを噛《か》みしめている祐人をチョンチョンと突《つつ》いた。

「うん？　何？　スーザン」

「……まだ、ある」

「え？　まだ、他にも何かあるの？」

「ご飯……作った」

「え⁉　ご飯？」

またしても祐人は驚いた。

「そうだよ！　女性陣《じょせいじん》で練習しようって言って、白も頑張ったんだよ！　食材を全部使っちゃったけど……」

「私も……頑張った」

「私も頑張りましたー」

「私はキッチンドランカーになるからって途中で追い出されちゃった。料理得意なのに」

白とスーザン、サリーは一生懸命《いっしょうけんめい》アピールする。

が……祐人が反応したのはそこではなかった。

「いー！　食材全部⁉　あ、あれは一週間分の……」

「まあ、親分！　早く行きましょうや！　今日は親分の帰還祝いでさぁ」

祐人の反応を気にもとめず玄《げん》は腕《うで》を引っ張る。玄はとにかく何でも祝いたがるのだ。

祐人もこれだけのことをしてくれた皆には何も言えないな、と諦《あきら》めた。

そして、一歩控えたところから目が覚めるような美丈夫《びじょうふ》が憚《はばか》りながら声を掛《か》けてくる。

「御屋形《おやかた》様。それでミレマーの方は……」

「うん？　ああ、何とか……うまくいったよ、傲光。これもみんなのお蔭《かげ》だよ。ありがとう！　みんな！」

祐人の率直な心からのお礼に皆、嬉しそうにそれぞれの表情。

「わーい！　じゃあ、早速、お祝いをしよう！」

「そう！　その通り！　祝いましょうぜ！」

「（コクコク）お祝いは……大事。好き」

白はピョンピョン飛《と》び跳《は》ねながら祐人の背中を押す。スーザンは右腕に抱きついたままだ。今日は妙《みょう》に二人のスキンシップが激しい気がする。

「はーい！　じゃあ、私も取って置きのお酒を出しちゃうわ！　みんな準備をお願いね」

嬌子がそう言うと白たちは率先《そっせん》して居間へ食事の準備を手伝いに行く。

それを見送るように祐人は見つめた。

その皆の姿に祐人は何か温かい気持ちになっていくのが分かる。

「ふふふ、ひーろと！」

突然《とつぜん》、嬌子は祐人の後ろから手を回し、お酒で朱《しゅ》に染めた顔で祐人の右肩《みぎかた》の上に顎《あご》を置いた。祐人は背中に嬌子の大きく柔《やわ》らかいものが押し付けられて背筋が伸《の》びる。

「な、何⁉　嬌子さん」

「みんなね……今はああだけど、すごく祐人のことを心配していたのよ。白とスーザンだけじゃなく傲光まで祐人の所に迎えに行くって言い出したぐらいなんだから」

「え？　そうだったの？　別にただ帰ってくるだけなんだから、そんなに心配しなくても……んぐ」

嬌子は祐人の口に白く細い人差し指を軽く添えた。

その嬌子の色っぽい仕草に祐人の顔の温度が上がってしまう。

「私たちは契約《けいやく》を交《か》わした者たちよ。しかも最上級の契約をね。だからね、祐人に何かあると何となく伝わってくるのよ。祐人が悲しんだり、辛《つら》かったりすると特にね……」

「…………」

「だからね、今は無理でも……いつか、私たちには何でも話してね」

そう言うと嬌子は祐人の耳に温かい息を吹《ふ》きかけた。

「わ！」

祐人は顔を赤くして耳を押さえる。

「いつでも元気付けて、あ・げ・る、わよん。祐人が望むなら今夜にでもね」

祐人は目を丸くし、こみ上げてきたものを抑《おさ》えるために鼻を押さえた。

（そそ、それって……。ちょっと！　大きいのが！　それ以上押し付けないで！）

祐人は体中の血液が沸騰《ふっとう》しそうになり、両手を羽ばたかせた。そして至近距離《きょり》で嬌子の顔を見ると嬌子もお酒のせいばかりではなく顔を赤くしているのに気づく。

えらく経験豊富な女性のように話してくる嬌子だが、それが嬌子流の気の遣《つか》い方で自分を元気づけようとするものだと分かり、祐人は思わず笑ってしまった。

「あはは、ありがとう……嬌子さん」

祐人は心からの感謝で肩《かた》に置いている嬌子の手に自分の手を重ねて微笑《びしょう》した。

「……っ！　あ、えっと！　じゃ、じゃあ早く来てね！」

「え？　うん、分かったよ」

嬌子は一瞬《いっしゅん》、珍しく狼狽《うろた》えたような仕草で顔を背《そむ》けると日本酒の一升瓶を両手で抱きしめて逃《に》げるように居間の方に小走りで向かう。

(もう、そんな笑顔《えがお》は反則よ！　祐人ったら！　これじゃあ、もっと本気になりそう……)

「祐人ー！　早くー」

「ウガ！」

相変わらず廊下《ろうか》にいる祐人に皆、居間から顔を出して催促《さいそく》してくる。

祐人は笑顔で頷き、廊下を歩き出した。

(……みんな！　ありがとう！)

「あの～、お取り込み中、申し訳ないのですが」

後ろから声が掛かり、祐人は振《ふ》り返る。

「あ！　ガストン！　お前、今までどこに！」

玄関の土間にガストンが現れ、一旦、居間に向かった嬌子や白たちも玄関に集まってくる。

「あ、ガストンじゃない。いらっしゃい！」

「皆さん、どうもです」

長身の目の彫《ほ》りが深い銀髪《ぎんぱつ》の男がヘコヘコと頭を下げながら愛想《あいそ》笑《わら》いを浮《う》かべている。

「皆さん……私もここに住もうかと思いましてやってきました。と言っても、出かけていることが多いとは思いますが。私はガストンと申しまして、しがない吸血鬼《きゅうけつき》をやっている者です。よろしくお願いします」

ミレマーで会ってはいたが、あまりお互いに話ができる時間がなかったのもあり、ガストンは改めて自己紹介《しょうかい》をして頭を下げた。

すると、ガストンの自己紹介に白たちも目を大きくする。

「ええ！　吸血鬼ぃ⁉　ガストンって吸血鬼だったの⁉」

「……吃驚した」

「ああ、私は知っていたわよ」

「私もですー」

「親分～、吸血鬼と契約する節操の無い……いや、器《うつわ》のでかい人間は初めて見ますぜ」

「御屋形様、流石《さすが》でございます。吸血鬼ですらその人徳で心服させるとは……」

「ウガ、ウガ！」

「ああ、違うんだよ～」

顔を両手で覆《おお》い、嘆《なげ》く祐人。

その横でガストンは簡単に経緯《けいい》を説明する。

「私がやさぐれていました時に旦那《だんな》と出会いまして、その時にコテンパンにされて心を入《い》れ替《か》えました。言われれば何でも致《いた》しますんで、何でも仰《おつしや》って下さい」

これには白や嬌子は驚き、思わず聞き返す。

「コテンパンにされたの？　吸血鬼が？」

「はい、それはもう……。手も足も出ず、死に掛けました。ですが、旦那の温情で命を救われまして。色々と面倒《めんどう》を抱《かか》えていますが、決して迷惑《めいわく》はかけませんので……」

色々な面倒とは吸血鬼コミュニティと能力者機関との事を言っているのだろう。

祐人もその件に関しては顔を曇《くも》らした。

だが、そんな細かいことを知らない、また気にもかけない嬌子たちは、

「まあ、いいんじゃない？　迷惑さえかけなければ」

「そうだね、どっち道、祐人と契約しちゃってるみたいだし！」

「別に構わない……」

とまったく気にしていない様子。

だが祐人はこの契約の点について前から言いたかったことがあった。

「ちょっと！　そういえば、何で？　何でみんないつの間に契約してんの？」

「ガストンさんも料理並べるの手伝ってくださいー」

「分かりました。そういうわけで、よろしくお願いします。旦那！」

「さあ！　親分は座っててくださいやし」

「あああ……誰も人の話を聞いてないし」

するとが白ガストンの前に来て笑いかける。

「ガストンって言ったよね？」

「はい」

「ここに住みたいなら一つだけ大事なルールがあるから知っておいてね！」

「はい、何でしょうか」

「それは私たちは全員、祐人の友達であること。それと私たちとも！　それだけだよ」

「え？　友達ですか……皆さんとも？」

「うん！」

ガストンは意表を突かれたような顔で祐人の方を振り返った。

祐人は頭を掻《か》き、諦めたような態度と照れた感じで頷いた。

「は、はい……分かりました。私にこんなに友達が……うう」

「ありゃ、ガストン泣いてますぜ」

「泣き虫……」

嬌子は呆《あき》れたように肩を竦《すく》める。

「本当よ、これくらいで。あんた一体何歳《なんさい》なのよ？」

「えっく、千五百二十九歳《さい》です。ずいません……んく」

「何だ、まだ若いじゃない。しっかりしなさいな」

「本当ですー」

「はい……」

「え!? それって若いの？ じゃあ、嬌子さんたちって……」

途端《とたん》に嬌子とサリーの目が凍《こお》り、半目で無表情になる。

「あ……いや、何でもないです」

女性陣の不可視の迫力《はくりょく》に祐人は口を噤《つぐ》んだ。

（一体、何歳なんだろう……）

「さあ、ガストンもいつまでも泣いてないで家に上がったら？ ねえ、祐人」

「行こう、行こう」

「うん、そうだね。ほら、ガストンも行こう」

住人が一人増え、ガストンを連れて居間に玄と嬌子たちが入っていく。

祐人も歩き出すと、ここで白が思い出したように祐人を振り返った。

「あ、そうだ！ 纏蔵《てんぞう》っていう人が来て伝言を頼《たの》まれたよ」

「え！　爺《じい》ちゃんが来たの？　で、爺ちゃんは何て言ってた？」

「えーっと、『茉莉《まつり》ちゃんが連絡《れんらく》しなさいと言っておるぞ、連絡がなければ家に行くと言っておった』だって」

「え――！　それはまずい！　早く連絡しなきゃ、絶対にここへ来ちゃうよ！　で、でも、明日、学校で会うし……」

祐人が激しく慌《あわ》てると白とスーザンが祐人に迫《せま》るように目の前に来た。

「ねえ、祐人」

「な、何？」

「茉莉ちゃんって誰？　……………女？」

何気ない白の質問だが……。

祐人を見上げる白とスーザン、この話になった途端に居間から四つん這《ば》いでこちらを見る嬌子とサリーの顔が心なしか怖《こわ》い。

「え？　だ、誰って。どど、同級生だよ！　ただの！」

そう言うと皆、優《やさ》しい笑顔になった……気がして、何故かホッと一息。

そして、祐人は修復された居間の中に入ると再び感動し、これでもかとサリーたちが運んでくる微妙《びみよう》な料理に唖然《あぜん》としつつ、みんなと帰還祝いで盛り上がる。

「祐人～？」

　しばらく賑やかなお祝いが続くと嬌子が突然、祐人の背後から身体ごともたれ掛かってきた。顔はもう泥酔《でいすい》寸前。

「な、何？　嬌子さん。ち、近いよ」

「今回、私たち頑張《がんば》ったわよね～？」

「う、うん！　それは本当に」

「じゃあ、ご褒美《ほうび》をねだっていい？」

嬌子のこの言葉を皮切りに、たった今まで賑やかにしていた全員の目が祐人に集中した。

「え？　ご褒美？　そうだね、それぐらいは当然しなくちゃかな。僕《ぼく》も考えてたし」

「「「「やった――!!」」」」

「御屋形様……感謝致します」

「ウガウガ！」

元々、お礼のことは考えていた祐人だったので、みんなから直接要望を聞けるのはありがたいと思う。やっぱり的外れなものはあげられないし、とも考え、みんなの喜びように祐人も笑顔になった。

何よりも家の修復費用がだいぶ浮いたと思われることも、祐人を強気にさせており、ある程度の奮発した出費も考えていた。

「ふふふ、じゃあ一人ずつ言っていってね、まずは白から」

「前に嬌子の雑誌に載《の》ってたんだけど、私は遊園地に行きたい！　ネズミの国の！」

うんうん、と祐人は可愛《かわい》らしい白のおねだりに頬《ほお》を緩める。

「あの大きなネズミ、美味《おい》しそうだもん！」

「食べちゃ駄目《だめ》ぇぇぇ!!」

「スーザンは？」

「……白と一緒《いっしょ》」

おお、スーザンも遊園地かぁ、じゃあ一緒に行けばいいかな？

「あそこにいるアヒル……」

「だから、食べちゃ駄目ぇぇ!!　焼いても駄目ぇぇ！」

「玄は？」

「あっしは忍者屋敷《にんじやや しき》に行きたいっすね！　それを研究したら傲光さんと協力してこの家を
……」

「うん、改造はだめだよ？　住みにくくなるから。見るだけにしよう」

「ウガロンは？」

「ウガウガ！」

「うん？　なになに？　散歩をいっぱいして欲《ほ》しい？」

「あはは、ウガロン、分かったよ」

「散歩をしてくれないとストレスで体が大きくなる？　この家ぐらい？」

「絶対する！　散歩は欠かさないよ！」

「傲光は？」

「私は何もいらないです。ですが、もし許されるのであれば……僭越《せんえつ》ながら御屋形様にお手合わせをお願いしたいです」

「手合わせ？」

「はい、出来ればでございますが……一度だけで構いません」

祐人は少し考え、傲光のお願いは自分の稽古《けいこ》にも良いものに思えた。今回のミレマーでの一件でも自分の実力がもっとあれば、あの力を使わずに済んだとも考える。

傲光の槍《やり》さばきは見たことがあり、祐人も剣士《けんし》としてとても惹《ひ》かれる提案だった。

「分かった！　傲光。こちらこそお願いしたいくらいだよ。一度だけだなんて言わないで、時間があればいつでもいいよ。僕の剣技《けんぎ》についても傲光の意見を是非《ぜひ》聞きたい」

傲光は目を見開き、箸《はし》を置くと体を小刻みに震わす。

「おお、何というお心の広さ……この傲光、感涙《かんるい》の極《きわ》み！」

傲光は泣き出し、周りが見えなくなるほど感動している様子だったので、もう放っておいた。傲光は大げさなんだよ……本当。

「次はガストン」

「そうですね～、私は車が欲しいですね」

「……は？」

「いやー、ミレマーで初めて運転したのですが、あれはとても気持ち良いものでした」

「お前！　あれ初めてだったの⁉　いや、っていうか車⁉」

「はい、欲しいです、車が」

さすがにこのガストンのお願いに祐人は即答《そくとう》できなかった。確かに今回、ガストンは大《だい》活躍《かつやく》した。確かにしたが……車はいくらすると思っているのか。

（な、なんてものを欲しがるんだ、この吸血鬼は！　せっかく浮いた家の修復費がすべて消えてしまうかもしれないだろ！）

「旦那～、今回の私は役に立ちましたよね？」

「ぐ！　そりゃあ、もちろん。で、でも車って……お前。あれは僕のような未成年が買うのは難しいと思うんだよ、色々と証明書いるし。それにお前、運転免許《めんきょ》ないでしょうが」

「取ってきます。ここに行けばいいんでしょう？」

ガストンが「外国人向けのコースが充実《じゅうじつ》」と書いてある教習所のパンフレットを出した。

（はう！　何なんだ、この用意周到《よういしゅうとう》さは。本当に千五百年ぼっちだったのか？）

「それに車は私が買ってきますので大丈夫《だいじょうぶ》です。私はフランス国籍《こくせき》をしっかり持っていますし、ワーキングビザもとってます、はい」

「なな！」

「それに調べてみたら外国人でも日本で新規に免許を取れますんで大丈夫です。英語の教材だってあります」

「ぐぐ！」

「旦那～、車があれば色々と便利ですよ？　私も仕事で使うんで、経費で落としますから」

「は⁉　仕事？　お前仕事してんの⁉」

「はい、古美術商を始めました。私は骨董品《こっとうひん》など、昔のものを良く知っていますので」

「た、確かに……ガストンはリアルタイムで見てきているから」

「旦那、まあ、投資だと思って下さい。商売が軌道《きどう》に乗ったらお金は返しますんで」

意外と真剣《しんけん》な顔のガストン。

「私も……夢や目的を持とうと思いまして。ミレマーではとても良い経験が出来ました。

ミレマーの人たちに感化されたのかもしれません」

「むむ、そういうことならガストンの社会復帰支援《しえん》みたいなものだし……」

（千五百年もぼっちで、お客とのコミュニケーションは大丈夫なのか？　それにしても何なんだ？　このガストンの社会適応力は……）

しかし、祐人は驚いた半面、ガストンを応援《おうえん》したい気持ちも湧いてきた。

車は高い、高いが、車種にもよるが今回の報酬《ほうしゅう》で買えなくもない。もちろん、その場合は中古になるだろうが。

「……うーん」

生活は今までも苦しかったが何とか、耐《た》え忍《しの》んできた。

それにこれからも機関の仕事をもらえれば、何とかなる……とも思う。

祐人はまるで今までニートだったダメ息子《むすこ》が突然覚悟《とつぜんかくご》を決め、夢に向かって動き出すことを伝えられた父親のような気持ちになり、悩《なや》みに悩む……。

（でも、こうやって変わっていくのかな……出会いと経験によって。それにガストンにとっても挑戦《ちょうせん》だろうし）

祐人はガストンの言ったミレマーでの経験、という言葉が心に入ってきた。あの国で夢と目的のために人生をかけた人たちが頭に浮かぶ。

グアラン、マットウ、そして……ニイナ。

それぞれに覚悟《かくご》を持ち、必死に自分のできることを模索《もさく》しながら行動に移した人たち。

そんな人たちであったからこそ祐人の心を打ったのだ。

祐人はガストンの真剣な顔を見つめると……組んでいた腕を解き、膝《ひざ》を打った。

「ええい！　分かった。買うよ！　買えばいいんでしょう！　報酬が入ったら中古車を見に行こう！　今回のミレマーの件はガストン抜きには語れないし、ガストンが仕事を頑張るならそれでいいよ！　でも、報酬内で買えるやつね。今後の生活もあるし」

「本当ですか⁉　旦那、ありがとうございます‼　仕事を頑張って、うまくいったら皆さんにもご馳走《ちそう》しますよ！」

「「「「おおお！　よく分からんけど、いいぞ、吸血鬼！」」」」「ウガ！」

何故か嬌子たちも歓声《かんせい》を上げる。

これ、まるで論功行賞みたいだ、と祐人も苦笑い。祐人にとって中々大きな決断ではあるが、ガストンはミレマーの隠れたＭＶＰとも考える。

（出世払《しゅっせばら》いにされている学費とかにも充《あ》てたかったけど……仕方ない。まあ、これからも仕事をこなしていけばいいか。今回ほどではなくても機関の報酬は良いだろうし）

騒《さわ》ぐ皆の声を聴《き》きながら、祐人は目を閉じた。

（それに……ニイナさんたちだって頑張っているんだ。それはとても大変で、いくつもの困難があるだろうに。でもきっと、あの人たちなら諦めないに違《ちが》いない）

そう思うと祐人はまるで勇気づけられたような気持ちになり、グッと手を握《にぎ》って目を開ける。祐人は晴れ晴れとした顔で、ガストンたちを見つめ、静かに頷いたのだった。

「えーと、後は嬌子さんとサリーさんだよね？」

祐人がそう言うと、酔っ払《ぱら》っている嬌子が大きな声をあげた。

「よーし！　ついに私の番ね！」

「私の番ですー。嬌子さんはまとめ役、もしくは司会ですー。ということは私からですよー」

嬌子と同じくお酒で上気しているサリーが異議を唱える。しかも、ちょっと、ふらついているようにも見えた。

（サリーさんも見た目と違ってお酒好きだよね。何だかんだで嬌子さんと同じくらい飲んでるもんな。しかし……あの量はどこから持って来てんだろう？）

祐人は半目になりながら後ろに転がっている瓶《びん》の数を見て呆れる。

「もう、待ちきれないのよ！　それに私は今日、ご褒美もらうから！」

「私もですー、今日もらいますー」

「え？　今日？　今から？　二人ともどんなお願いを……？」

（何が欲しいんだろう？　いや、今日だから物じゃないのかな？）

と祐人は考え、首を傾《かし》げてしまう。

「ああ、もう！　面倒だから一緒に言えばいいでしょ！」

「分かりましたー」

そう言うと二人は立ち上がった。

「え？　何で立ち上がるの？　って、どこに行くの？　おーい、二人ともー」

嬌子とサリーはそのまま居間を出て行ってしまう。

何なんだ？　と、祐人は残された皆と顔を見合わすが誰《だれ》も知らないという反応。

しばらく待っていると、突然、居間の襖が勢い良く開けられた。

「じゃーん！　お待たせ〜、祐人！」

「え……嬌子さん⁉　ちょっとそれは！」

襖から現れた嬌子に祐人は目を丸くし、口を大きく開け、度肝《どぎも》を抜かれた。

というのも……なんと嬌子は黒を基調にした大胆《だいたん》なビキニ姿だったのだ。

「私へのご褒美は……全身マッサージよ！　ひ・ろ・と！」

「ええ――‼　マッサージ⁉　って、その恰好《かっこう》で……⁉」

「そうよ、今からお願いね！　うーん、このオイルを塗《ぬ》るらしいから畳《たたみ》が汚《よご》れちゃうわね。じゃあ、お風呂場《ふろば》でしましょうか。ひ・ろ・と！」

「ななな……ちょっと！」

嬌子のその圧倒的《あっとうてき》……まさに圧倒的という表現が相応《ふさわ》しいプロポーション。しかも、そのボディ（主に胸）の持つスペックを遺憾《いかん》なく発揮した黒ビキニ。強烈《きょうれつ》な色気が猛威《もうい》を振るい、祐人の視線を釘付《くぎづ》けにしたことに満足この上ない嬌子。

（な、な、す、すごい……すごすぎる。無理！　無理だ。けど、いいのかな？　そ、そうだ！　こ、これはご褒美だ！　ご褒美？　どっちの？）

祐人の思春期回路が暴走寸前になり、現状を理解するための脳の処理が追いつかなくなってくる。顔が真っ赤に染まった祐人は瞳孔《どうこう》も不自然に開いている。

もう……この凶悪《きょうあく》な敵に未熟思春期少年に抗《あらが》う術《すべ》はなく、ふらりと祐人は立ち上がる。

「ママママ、マッサージでででですよね？　ぜぜぜ全身の！　こここ、これは、うん、ご褒美だから！　うん！　ししし、仕方なないのかな？」

この祐人の様子を見て、これは危険な状態だと察知した白が叫《さけ》んだ。

「待って祐人、行っちゃ駄目ぇぇ！　これは駄目ぇぇ！　ちょっと、嬌子!!」

「ふふふ、これはご褒美なの。子供は黙《だま》ってなさい～。さあ、祐人、こっちよ～、いらっしゃい」

（くくく、効いてる、効いてる！）

ふら～としている祐人が嬌子の後に付いていこうとすると、もう一つの襖がバン！　と勢いよく開いた。

「お待たせしましたー」

そこには酔っぱらったサリーが元気よく現れた。

嬌子の色気全開の姿にフラ～と引き寄せられていた祐人も背筋を伸ばして驚《おどろ》き、横の襖から現れたサリーに顔を向けると……祐人の脳の回線が混線を起こす。

「なななななな！」

祐人はサリーの姿に血圧が上がり過ぎて、もう言葉を使う能力が一時的にマヒした。

白たちも唖然《あぜん》。

今まで上機嫌《じょうきげん》だった嬌子がサリーの姿を見るとワナワナと体を震わして声をあげた。

「ササササ、サリー！　あんたはぁぁ！」

サリーはなんと二枚の頼《たよ》りないタオルで胸と腰《こし》を隠《かく》しただけの姿。

「私へのご褒美はー、祐人さんにマッサージをさせてもらうことですー」

「このアホ娘《むすめ》！　ご褒美なのに何であんたがマッサージするのよ！　しかも、あなたのそのアイデアは一体、どこから⁉　それにそれがマッサージする側の恰好か！」

「だって、この方が男性が喜ぶって書いてありましたー。嬉しいですかー？　祐人さーん？」

祐人は透《す》き通《とお》った肌《はだ》を惜《お》しみなく晒《さら》したサリーの姿に目が奪《うば》われ……口をパクパクするが、声を出せない。普段《ふだん》の恰好からは分からなかったが、そのサリーのスタイルはある意味、完璧《かんぺき》なフォルム。

するとついに祐人の鼻から毛細血管を突き破《やぶ》った液体がツーと流れてきた。

ハッとした白とスーザンがその祐人を見ると、何故か自分の胸を両手で確認《かくにん》し……グーパーを数回繰《く》り返《かえ》すと、この上なくやるせない表情をした。

「それに私の体を使ってマッサージしますからー。雑誌にもそう書いてありましたー。これで冷え切った夫婦《ふうふ》関係も解消ですー」

「か、体を使って⁉」

祐人の目が血走り、鼻から出る赤い液体の量が増す。

「何の雑誌よ、この変態おっとり娘が！　駄目よ、駄目駄目‼　これじゃ、私のなし崩《くず》し既成《きせい》事実作戦が！」

大胆水着姿の嬌子がタオル二枚のみのサリーの両肩《りょうかた》を掴《つか》んで襖《ふすま》の外に追い出そうとし、

サリーがブーブー言っている。

二人は酔っぱらっているためにおぼつかない足取りで、よく下を見ずに歩いていたために襖のところに散らかっていたお酒の空《あ》き瓶をサリーが踏《ふ》んでしまう。

「な！　うわ！」

「あらー」

体勢を崩す嬌子とサリー。

二人はすぐ横で血塗《ちぬ》られた鼻で呆然《ぼうぜん》としている祐人に倒《たお》れ掛かる。

「え⁉　ギャフ！」

祐人は強制的に二人の全体重を支えるはめになり、畳の上に背中を、空き瓶の上に頭を、強《したた》かにぶつけてしまう。

「あ痛《い》たた！」

「痛いですー」

嬌子とサリーは頭や腰を摩《さす》りながら顔を上げ、下敷《したじ》きになった祐人に視線を移す。

するとそこには……目を回した童貞《どうてい》少年が情けない、しかし、昇天《しょうてん》したような顔をして倒れていた。

「祐人！」

祐人は一瞬だけ目を開け、遠くを見つめるように天井《てんじょう》を眺《なが》めると……、

「ご褒美……生きてて……良かった」

そう言い残し、ガクッと意識を完全に消失。

「祐人ぉぉ！　ちょっと、目を覚ましてよ！　これからが大事なのに！」

「そうですー、祐人さんー、夫婦仲《ふうふなか》を良くするんですー」

だが、祐人は目を覚まさず、嬌子とサリーは一生懸命に祐人を揺《ゆ》するばかり。

「嬌子、サリーさん……」

突然、二人の背後から低音の震《ふる》える声が掛かった。

「ハッ！」

「はうー」

その声の迫力に嬌子とサリーの露《あら》わになっている肩が上がる。

振《む》り向けば、そこにはスリッパを持った白と目を深紅《しんく》に染めたスーザンが立っていた。

「あ、白ちゃん、スーザン！　だ、大丈夫よ⁉　二人だっていつか大きくなるから！」

「そ、そうですー。それに肩が凝《こ》るだけであんまり良いことないですー。二人ぐらいがいいですー」

白とスーザンが額をピクッとさせた。

「ななな、何の話？」

「……（コクコク）」

「あ……ああ！　ち、違くて！　それは……」

「胸のことですー」

「うわ、馬鹿《ばか》ぁ！　サリー、あんたはなんて空気を読まない……」

嬌子とサリーは思いっきりスリッパで叩《たた》かれ、延々と説教をされたのだった。

横ではガストンの門出《かどで》を祝う玄と傲光が何事もなかったようにお酒を酌《く》み交わし、ウガロンが尻尾《しっぽ》を振っている。

「ガストン、良かったでやすな！」

「うむ……御屋形様の気持ちを無駄《むだ》にせぬようにしなさい」

「はい、もちろんです。ありがとうございます」

ガストンは嬉《うれ》しそうに二人からの日本酒を受けた。

「私は祐人の旦那に付いていって、また教わったんです」

ガストンはそのお酒を一気に飲みほす。

「夢と目的は人を成長させるんだなと。そして、そんな人たちと繋《つな》がり、見て、学び、影《えい》響《きょう》し合うと、自分も変わっていけるんだと」

ガストンは玄と傲光に目を向ける。

「旦那は、そういう人の夢と目的を守るためだけに戦っていました。その人たちとの繋がりを放棄《ほうき》してまで……。これは……悲しいことだと私は思います」

ガストンの言葉に玄と傲光は静かに頷《うなず》いた。

傲光は目を回して倒れている祐人を畏《い》敬《けい》の念が混じりながらも、慈《いつく》しむような目で見る。

「そうですね……これからは私たちが守りましょう。これから御屋形様が手に入れるであろう、繋がりを……」

「そうでやすな！」

三人は再び、お互《たが》いに日本酒を注《つ》ぎ合うと目の前に盃《さかずき》を掲《かか》げ、互いの顔を見合わせて乾《かん》杯《ぱい》の仕草をし……一斉《いっせい》にその盃を傾《かたむ》けたのだった。

◆

次の日の朝、祐人は一週間ぶりとなる吉林高校へ登校した。

　だが、その顔はやつれ、足も覚束《おぼつか》ない様子だ。

　あれから祐人は朝まで寝《ね》てしまい、ようやく起きあがって時計をボーッと見つめると我に返る。祐人は慌てて制服に着《き》替《が》え、居間で全滅《ぜんめつ》している仲間たちにため息を吐《つ》きつつ家を飛び出したのだった。

「昨夜はえらい目にあった……。みんなには感謝しているけど、あれだな～、これからはみんなに常識っていうやつを教えていかないと。そ、そうだ、今度、講義をしよう。僕らの常識なんて知っているわけがないんだから。特に嬌子さんとサリーさんには！」

　昨日の経験で嬌子とサリーの十八禁コンビだけは何とかしないと駄目なことが良く分かった祐人だった。

　祐人は学校に近づくにつれて、少々、緊張《きんちょう》する。

（一週間も休んだけど……どうなってるだろう？　一悟《いちご》は上手《うま》くやってくれたかな？　いや、過度な期待は出来ないな。相手がなんてったって、あの美麗《みれい》先生だもんな）

「はあ～、気が重いな。しかも、またみんな僕のこと忘れてるだろうし。あ、待てよ？　ということは美麗先生も僕のことを忘れてる可能性があるんだ。それなら切《き》り抜《ぬ》けられるかもしれない!?　い、いや……あの人は休みの記録をしっかり確認してるよ。この生徒は誰だ？　ぐらいで、すぐに冷静に問《と》い詰《つ》められるだろうな」

校門を抜けると重い足取りで歩く祐人の前方に……真っ白な男子生徒が歩いていた。

（うん？　真っ白？　何だあれ、うちの生徒か？　しかし、あんな全身真っ白な制服……違う！　真っ白に見えるのか！　まさか！）

もしや、と思い、祐人はその真っ白な生徒に駆《か》け寄《よ》り、顔を覗《のぞ》き込んだ。

「あ‼　い、一悟！　どうしたの⁉　な、何があったんだ、一悟！」

「……ああ？」

生気ゼロの虚《うつ》ろな瞳《ひとみ》で一悟は顔をゆっくりと祐人に向ける。

「ちょっと、一悟！　何なの、その力を使い果たしたプロボクサーのような姿は⁉」

しばらく一悟は祐人を見つめると……徐々《じょじょ》に目を大きく開け、真っ白に見えていた髪《かみ》の毛《け》も黒に戻《もど》っていく。

「のわ！　お、お前は、どこの祐人だ⁉」

一悟は大きく飛《と》び退《の》き、警戒心《けいかいしん》マックスの態度で祐人を睨《にら》んだ。

その今まで見たことのない親友の態度に祐人は深刻な顔になる。

（あ……そうか、一悟も僕のこと忘れてしまったのか……って、うん？　今、祐人って言ってなかった？）

「もう無理だかんな！　もう、無理無理無理！　俺《おれ》にはフォロー無理！　勘弁《かんべん》して！」

「ちょっと一悟、どうしたんだよ！　何の話をしてるの⁉」

「…………」

一悟の動きが止まり、ジーと祐人の全身を舐《な》めまわすように見つめる。

「な……何？」

「お前……祐人か？」

「は？　祐人だよ！　何を言ってんの、一悟は」

「ふふふ……そうか、祐人か。お前は祐人なんだな……ふふふ」

「な、何だよ、見りゃ分かるでしょうが」

一悟は顔に影《かげ》を作りながら気味の悪い笑い方をするので祐人は怖くなってきた。

「ふふふ……ふははは！　じゃあ、遠慮《えんりょ》はいらねーな！　もう少しで俺の青春が完全に粉々に破壊《はかい》されそうになった正義の怒《いか》りを受けろ、この馬鹿《ばか》祐人！」

「うわっ！　な、何だよ！　何のことか分からないよ！」

突然《とつぜん》、飛びかかってきた一悟を躱《かわ》す祐人。

「黙れぇ！　お前には何も言う権利などない！　大人しく俺の正義の鉄拳《てっけん》を受けろ！」

「言ってる意味が分かんないよ！　何があったんだよ！」

一悟は完全にビーストモードだ。聞く耳すら持ってくれない。

「ふしゅー！　しかも、お前……あの力を使ったろ」

祐人は一悟のその問いに顔を強張《こわば》らせた。

一悟の今のこの意味不明の怒りには、それが関係しているのかも知れない。

一悟は以前に祐人を忘れてしまったことを謝《あやま》ってきたことがあるのだ。

その時の祐人は自分が勝手に使った力なのに、そのことで一悟を悩ませていたことを知り、自分自身の考えの狭《せま》さを思い知らされたことがある。

「あ……ごめん、一悟」

「ずるいぞ！　祐人！」

「は？　あれ？　ずるい？　ずるいってあんた」

「お前だけ、忘れられやがって！　俺はなぁ……俺は……ううう。この俺の背負った十字架《じゅうじか》はなぁ！　そんな簡単には降ろせねーんだよ！　それも全部、お前の仲間のせいで！　つまり！　それはすべてお前のせいだ！」

「な、仲間？　仲間って……え？　まさか、うちの？」

一悟の言う仲間とは、いや、考えるまでもなく嬌子さんたちのことかと祐人は直感した。

(ま、まさか、僕のいない間に学校に来てたのか？　一体何のために？　いや、それよりも何をしたの？　あの人たち)

「そうだ……。そのおかげで、俺はな……俺はなぁぁぁ！　たったの一週間で……」

「……（ゴクリ）」

「ＢＬ愛好会のアイドルランキング、ぶっちぎりの一位だ！　隠れＢＬ愛好家にもな！」

「ええ──!!　何があったの!?」

「うるせー！　お前は忘れられたからいいけどな、俺のはな、完全に歴史に刻まれんだよ！　この女好きを誇《ほこ》りにしていたこの俺の、この俺の歴史に傷をつけたお前は……」

「そんなの誇りにすんなよ」

「ぶっ殺──す!!」

「のわぁー！　目が！　目が危なくなってるよ！　一悟君、落ち着いて！」

（うん、これは逃《に》げた方がいい。取りあえず今は逃げよう、一悟が落ち着くまでは！）

そう決断すると三十六計逃げるに如《し》かずだ。すぐさま体を翻《ひるがえ》し、校舎の方へ走ろうとしたその時……祐人の肩《かた》が何者かにガシッと掴まれる。

「へ？」

「……やっと、捕《つか》まえたわよ、祐人」

そこには地獄《じごく》の公爵《こうしゃく》……もとい、幼馴染《おさななじみ》の少女が常人とは思えない殺気を放ち、祐人の肩を握りつぶさんがばかりにしていた。

剣道部《けんどうぶ》の朝練の後なのだろう。剣道着《けんどうぎ》を身に着けているその少女は、もう片方の手に竹刀《しない》が握られている。

「ままま、茉莉ちゃん！」

「よくも先週、逃げ回《まわ》ってくれたわね」

その横をこれがいつもの登校風景というように、剣道着姿の静香《しずか》が気にもとめずに通り過ぎていく。

「おはよう！　袴田《はかまだ》君、堂杜君、茉莉！　ホームルームに遅《おく》れないようにね～。私は先に行ってるわ」

それだけを言い残して行ってしまった。

前門には虎《とら》、後門には狼《おおかみ》に囲まれた祐人は、行ってしまう静香の後ろ姿を見守るばかり。

「祐人……」

「……何？　茉莉ちゃん？」

後ろからふしゅー、と一悟の荒《あら》い息が聞こえた。

途端に茉莉の目がカッと見開く。

「あんたぁぁはぁぁ！　何がしたいの!!」

「ひー！　落ち着いて！　茉莉ちゃん、多分、誤解だから！　それ誤解だから！」

「女子生徒を垂らしこんで（傲光）！　男のくせに男子生徒全般《ぜんぱん》のアイドルになって（白、スーザン、サリー）！　校内に井戸《いど》を勝手に作ったり改造したり（玄《げん》）！　最後は……全校巻き込んで祐人争奪戦《そうだつせん》なんて（嬌子？）！　しかも私に……あんなことまでして突然消えて」

最後は顔を真っ赤にして、声が小さくなっていく茉莉。

何のことだか、さっぱり分からない祐人だが、不思議とそれぞれの出来事に誰が関《かか》わっているのか見えてしまうのが辛《つら》い。

（でも、最後のは何？　何をされたの？　茉莉ちゃん……）

「責任は取ってもらうから！」

「責任⁉　責任って何⁉」

「ああ、責任だ！　管理不行き届きのな‼」

祐人は前後から茉莉と一悟に肩を掴まれる。

ここで、抗うことの無意味さを悟《さと》った祐人は目を瞑《つぶ》った。

（あああ、さようなら、僕）

昇降口《しょうこうぐち》に着いた静香は、遠くの方から悲鳴のようなものが聞こえてきたが、早く着替《きが》えようと鼻歌を歌いながら更衣室《こういしつ》に移動した。

その後、一年D組のホームルームを終え、無表情の美麗に職員室に呼ばれた祐人は、今後、一ヵ月《げつ》の間、全校舎のトイレ掃除《そうじ》及《およ》び広大な敷地《しきち》を持つ吉林高校の草むしりを静かに命じられた。

「何か言いたいことは？」

「……何にもありません」

「よろしい。今後、休まなくてはならない時は必ず事前に連絡するように」

「身命に代えましても、そうします」

深々とお辞儀《じぎ》をした祐人はボロボロの姿で職員室を後にしたのだった。

廊下《ろうか》に出た涙目《なみだめ》の祐人はこの時、誓《ちか》った。

なるべく早く自宅で講義を開こうと。

その講義の科目は言うまでもなく「世間の常識」である。

そして、今後のことも考え、今、家にはいない三十人近い自分の友人たちを全員参加させようと心の奥底《おくそこ》から誓ったのだった。

祐人を見送った美麗は嘆息《たんそく》してデスクワークに戻る。

その美麗から見て後方の職員室に設置されたテレビでは、ミレマーでのクーデター新政権の発足《ほっそく》が大々的に報道されていた。

また、マットウは国連の場でミレマーの民主化を宣言し、自身は軍を退役《たいえき》して政治家に転身することを伝えている。

二年以内に新憲法の制定、五年以内に普通《ふつう》選挙を目指すことを発表し、各国にミレマーへの投資と援助《えんじょ》を求めていた。

その報道番組では日本もミレマーの市場開放に好感を抱き、積極的な援助と投資を促《うなが》し、両国の関係向上に努めると日本政府の見解も伝えている。

今回のミレマー国内の騒動《そうどう》は世界から非常に注目をされた。

というのはクーデター時の内戦で数々の化け物が目撃《もくげき》されていると噂《うわさ》がたち、全世界のバラエティー番組にも取り上げられたことから、結構な長い間ミレマー特集は組まれた。

だが、大方は迷信《めいしん》がまだ色濃《いろこ》く残っている発展途上国《とじょうこく》のオカルトバラエティとして扱《あつか》われ、それ以上大きな反響《はんきょう》は世間では起きていない。

唯一《ゆいいつ》、ネット上だけはいつまでもこの話題が熱くさせ、オカルトファンたちを長い間、喜ばせることにはなった。

首都ネーピーのマットウたちが常駐《じょうちゅう》している旧元帥府《げんすいふ》の一室。

そこでグアランの直属だった若者たちが少ない休憩《きゅうけい》時間で一息ついていた。

彼《かれ》らはカリグダの部隊が襲《おそ》ってきた時にグアランの愛弟子《まなでし》として共にネーピーを脱出《だっしゅつ》し、ニイナの丘《おか》で死線を潜《くぐ》り抜けた仲間でもある。

そのうちの一人であるササンは皆《みな》から一人離《はな》れ、趣味《しゅみ》である油絵を作成していた。

集中しているササンの背後からコーヒーを片手に、互いに修羅場《しゅらば》を潜《くぐ》った同僚《どうりょう》でもあり戦友でもあるマウンサンがその油絵を覗き込む。

「へー、大したものだな、ササン」

「うーん、本当はもっと時間を割《さ》きたいんだが、今は大事な時だから仕方ないね」

「ふふふ、それこそグアラン閣下に文句を言おうか。閣下も〝私に恨みごとを言いながら仕事をする時が来る〟と言っていたからな」

「……確かに、そうだ」

二人は師である亡《な》きグアランを思い起こし、静かに笑う。

だが、その二人の笑《え》みには隠しきれない敬愛と尊敬の念が込められていた。そして、それを言う権利がある自分たちに誇りを持っている。

「ああ、これは……ニイナの丘じゃないか」

「ああ、そうだ。俺たちの命はあの激戦で拾った命だからな。おかげでもう何も怖《こわ》くはない。それでか分からないが、どうしても思い出してしまうんだ、あの丘での戦いを。いや、忘れないためかな……どうしてもこれを記憶《きおく》が鮮明《せんめい》なうちに描《か》いておきたいのさ」

「そうか……。これがマットウ将軍に、これがグアラン閣下だな。うん？　これは……誰だ？」

「え？」

マウンサンがその絵画に描かれている数々の兵士の中、一人の少年らしき姿をした人物に指をさした。

しかも何故《なぜ》か、少年らしき人物の手には場違《ばちが》いに刀のようなものが握られている。

その少年は兵たちの前面に立ち、まるで皆を鼓舞《こぶ》しているようにも見えなくもない。

マウンサンの指摘《してき》にササンは自分の描いた絵にもかかわらず首を傾げてしまった。

「いや……あれ？　分からんな。いつの間に描いたんだろう？　昨日、珍《めずら》しく時間がとれて夢中で描いていた時に描いたんだと思うが……何だ、この人物は？」

「おいおい、自分で描いてたんだろう？」

「ああ……確かに、そうなんだが」

ササンとマウンサンはしばし、その未完成の絵を見つめる。

すると……マウンサンが声をあげた。

「いいんじゃないかな？　いや、俺には絵心はないんだが……」

「……?」

「何故か……この人物はここに欠かせないような印象を受けるんだ。そう、何というか、俺たちを勝利に導き、勇気を与《あた》えた守り神、または英雄《えいゆう》といったような感じだ……」

「……そうだな。何故か俺にも、これは絶対になくてはならないように思える。自分で描いておきながら言うのも変なんだが、この絵の象徴《しょうちょう》とも言えるかもしれないぐらいに……」

二人が同時に頷き、ニイナの丘の兵士たちが描かれたその絵を見つめていると背後の同僚から声が掛《か》かった。

「さあ、休憩は終わりだ。仕事は無限にあるぞ、喜べ、みんな!」

その掛け声《ごえ》で、そこにいるミレマーの若者たちは苦笑い気味に立ち上がり、仕事に戻っていった。

だが、それぞれの目にはこれからのミレマーを支えるという決意が込められていた。

そして、誰もいなくなったその部屋には……、
ササンのニイナの丘《むすばれた》が描かれた油絵だけが、その場に残されたのだった。

エピローグ

都内某所《ぼうしょ》にある、超《ちよう》お嬢様《じようさま》校、聖清《せいせい》女子学院。

全国の政界財界のお嬢様たちが通うこの学校は、名前だけは有名であるにもかかわらず、ほとんどの人がその詳細《しようさい》を知らないという、ベールに包まれた女子高等学校である。

校門には筋骨隆々《りゆうりゆう》の警備員が二人常駐し、常に学校を背にその目を光らせている。

また、都心にもかかわらず広大な敷地を持ち、その敷地内《しきちない》には地方から来た生徒や外国からの留学生用の女子寮《じよしりよう》も設置されているため、二十四時間体制で厳重な警備がされていた。

立地は高級住宅街の中であり、校門もまるで隠されているように突然現れる。

また、何本もの一方通行の道を通らないと辿《たど》り着《つ》かないようになっており、つまり、この聖清女子学院を目指す意思がなければこの校門の前にも来られないのだ。

今、この女子学院の生徒である瑞穂《みずほ》とマリオンは無言で校門の前で車を降り、緑の溢《あふ》れた広い敷地の中を校舎に向かって歩いていた。

元々、瑞穂だけがこの学校の生徒だったが、マリオンは瑞穂に勧《すす》められ、四天寺《してんじ》家の口添《くちぞ》えがあったおかげで、この学校への編入が許されたという経緯《けいい》がある。

校内の綺麗《きれい》に整備された並木道を瑞穂は機嫌《きげん》が悪そうに歩いていた。

瑞穂は自分の携帯《けいたい》電話を確認する。ここ数日、何度も見せている行動だ。

マリオンは瑞穂の横を無言で歩いている。

「マリオン、連絡《れんらく》は来た？」

「いえ……まだ来ていません」

誰とは言わない。

瑞穂の顔がさらに険しくなって不機嫌《ふきげん》モード全開だ。

時折、挨拶《あいさつ》してくる学友には笑顔《えがお》で対応するが、すぐに顔が険しいものに戻る。

ミレマーの任務から二週間が経《た》った。

機関からの報酬《ほうしゅう》も数日前に入金されていることを確認済み。

「なあにやってるのよ！　あいつは！」

ついに我慢《がまん》しきれなくなった瑞穂は大声を上げる。

大声に慣れていない周囲のお嬢様たちは驚き、瑞穂に視線が集中してしまう。

マリオンは慌《あわ》てて瑞穂を宥《なだ》めた。

「まあまあ、瑞穂さん。まだ、携帯を買ってないんじゃないですか？」

「だから、それのことよ！　あれほど、すぐに買って、すぐに連絡しろって言ったのに！」

因《ちな》みにこの主語を省かれた話題の当人である祐人《ひろと》は、トイレ掃除《そうじ》と草むしり、それと怒《おこ》った一悟《いちご》の嫌《いや》がらせのような、お助け係（拒否権《きょひけん》なし）の猛威の前に超多忙《ちょうたぼう》な毎日を過ごしていたのは、二人に知るよしもない。

もちろん、その後のバイトも継続《けいぞく》中だ。

「私たちのこと忘れたんでしょうか……」

「なっ！」

マリオンは形の良い眉《まゆ》をハの字にし、寂《さび》し気《げ》な表情をする。

「日本に帰って来て……祐人さんにとっては、今まで通りの日常になって……」

「そ、そんなことないわよ！　マリオン。単純にグズグズしてるだけよ、あいつは！」

と言いつつも、瑞穂も一瞬《いっしゅん》だけ慌てるような素振《そぶ》りを見せた。

「「はあー」」

二人は同時に溜《た》め息《いき》を吐《つ》く。

黒髪《くろかみ》と金髪《きんぱつ》の美少女が同時に肩を落とすというシュールな光景。

そこで、マリオンがハッと顔を上げた。

「ま、まさか、ミレマーで祐人さんが言ってた幼馴染の女の子に迫《せま》られて……押《お》しに弱い祐人さんは！」

「……！」

マリオンのその言葉で顔を青ざめさせる瑞穂。

因みに祐人は、毎日その幼馴染にトイレ掃除と草むしりを「心からの反省を込めながらするように！」と迫られていた。

「そそ、それは！　そんなのは認めないわよ！　私のいないところで、そんなこと！」

「は、はい！　そうですね、瑞穂さん！　私たちのいないところでは絶対に認めませんよね！　その通りです」

「そうよ、マリオン！　もし、このまま連絡がなかったら……」

瑞穂の背中から闇《やみ》オーラがユラユラと噴出《ふんしゅつ》し始める。

「な、なかったら……どうするんですか？」

瑞穂の気迫《きはく》にゴクリと息をのむマリオン。

ピンポローン！

その時、二人の携帯にメールの着信が同時に入った。

瑞穂とマリオンは携帯を見る前にお互いの目を合わせる。

「「……」」

反射的に二人は互いに背を向けて、すぐに携帯を確認。

〝携帯を買ったよ！　祐人〟

「……何て書いてあった？」

「携帯を買ったよ……と」

瑞穂はプルプル震えだす。

「書くことは……それだけなの⁉　あいつは！　もっと色々あるでしょうが！」

「本当です。これだけなのは……ちょっと、酷《ひど》いです」

怒る瑞穂にマリオンは同調するが……その目は少しだけ潤《うる》みが見えた。

瑞穂とマリオンは諦《あきら》めたように笑い、マリオンは細い指で軽く目を拭《ぬぐ》う。

その後、二人の顔は目に見えて明るくなり、足取りも軽く教室に向かうのだった。

瑞穂とマリオンは同じクラスである。

二人は教室に入ると普段は大人しいはずのクラスメイトたちがざわついていることにすぐに気付いた。超お嬢様しかいないこの学校では珍しい光景である。

瑞穂は何かあったのか？　と思いながら教室の最後尾《さいこうび》にある自身の机に鞄《かばん》を置いた。

右隣《みぎどなり》の席のマリオンに視線を送るが、マリオンも首を傾《かし》げている。

そこに二人に気付いた法月秋子《ほうづきあきこ》というクラスメイトが挨拶をしてきた。

「マリオンさん、瑞穂さん、ごきげんよう」

「ごきげんよう、秋子さん」

「ごきげんよう。どうかしたのかしら？　皆、騒《さわ》がしい感じですけど……」

瑞穂はまだ楽し気な空気を醸《かも》し出《だ》している教室に目をやりつつ秋子に聞いてみる。秋子は比較的《ひかくてき》、瑞穂とマリオンと仲が良く、名前で呼び合う仲である。

「ええ、実は噂なのですけれど、今日、転校生が来られるらしいのですわ。今はその噂で持ち切りなのです」

「転校生？　へえ、珍しいわね、この学校に」

「はい！　ですから私もどんな方なのか楽しみでワクワクしていますの。今、皆さまも、その話で盛り上がっていますわ」

瑞穂とマリオンは、ようやく今のクラスの状況《じょうきょう》が理解できた。マリオンが編入してきた時もこんな感じだったのだ。

その時、マリオンもクラスメイトから大変な歓待《かんたい》を受けて、慣れないお茶会や夕食などの数々の誘《さそ》いに四苦八苦していたのを思い出す。

「しかも、その方は外国の方らしくて……ああ、本当に楽しみですわ」

皆、良家のお嬢様でさほど娯楽《ごらく》のない生活のため、この程度のことが楽しくて仕方がないのだ。

瑞穂の家も家格としては同じようなものなのだが、能力者の家系という特殊《とくしゅ》事情から、ここにいるお嬢様たちよりは世間を知っているため、興味はあるがそこまではしゃいだりはしない。

「外国のねぇ」

この学校には海外からの留学生も多いので、それ自体、さほど珍しいことではない。

瑞穂は普段通り席に着いた。

今はそんなことよりも気になることがあるのだ。

瑞穂は席に着くとすぐに携帯を取り出してメールの欄《らん》を見つめ……そわそわしていた。

無意識に隣《となり》のマリオンには見えない角度で携帯をいじっている。

それはマリオンも一緒《いっしょ》で心なしか二人ともにんまりした顔でメール欄を開けて、どうしたものかと思案する表情をしていた。

何度も返信ボタンを押し、そしてキャンセルボタンを押す、ということを繰り返している瑞穂とマリオン。

するとチャイムが鳴り、さすがにお嬢様たちも席について静かに担任を待つ。

瑞穂とマリオンも結局、何もメールをうつことが出来ず、鞄に携帯をサイレントモードでしまった。

チャイムから数秒すると担任が入ってきた。

その若い女性の担任は清潔感のある容貌《ようぼう》をしており、もちろん聖清女子学院のOGでもある。

「起立……」

これだけはどこの学校も変わらない挨拶を行い、担任が生徒たちを見渡《みわた》した。

「ふふふ、今日は皆さんに新しいご学友を紹介《しょうかい》いたします」

途端《とたん》に喜びざわめく教室内。

ここにきて瑞穂とマリオンも興味を持って前を向いた。

「もう、噂が流れていたようですね。いつも、どこから漏《も》れてしまうのでしょう？」

不思議そうに小首を傾げる担任。

どこか、ふわふわしたオットリ感のある先生だ。

「では、こちらへどうぞ」

担任がそう言うと教室前方の扉《とびら》が開き、一人の華奢《きゃしゃ》な少女が入ってきた。

生徒たちはこの少女に注目して感嘆《かんたん》の声を上げる。

その整った風貌《ふうぼう》のアジア系の美少女を見ると、お嬢様たちは早く話しかけたいとそわそわしてしまっていた。

「き、綺麗～」

「ええ、とてもお上品ですわ」

「まあ、綺麗なお肌《はだ》。羨《うらや》ましいです」

やや褐色《かっしょく》の肌をした少女は担任の横に立ち優雅《ゆうが》にスカートの裾《すそ》を摘《つ》まみ、お辞儀をする。

瑞穂とマリオンはというと驚愕《きょうがく》のあまり、石のように固まっている。

何故《なぜ》なら……、
よく知っているのだ、この少女を。

固まっている瑞穂とマリオンと目が合った転校生は柔《やわ》らかい、だが、隙《すき》のない微笑《びしょう》を浮かべた。

この時、瑞穂とマリオンは何か嫌な予感がする。

それは何故か、乙女《おとめ》の勘《かん》が警鐘《けいしょう》を鳴らしているのだ。

「皆さま、初めまして。本日より聖清女子学院に通うことになりました、ニイナ・エス・ヒュールと申します。ミレマーという国から参りました。仲良くしていただけると嬉しいです。以前から日本の文化に興味があって、日本に来るのが夢でもありました。是非《ぜひ》、皆さまに色々とご教示頂けると嬉しいです」

教室から歓声《かんせい》。

「はいはい、皆さん、お静かに。ニイナさんと仲良くしてくださいね。何か質問があるのでしたら承諾《しょうだく》を頂いていますから、挙手でどうぞ」

お嬢様たちは待っていましたと手を上げて、新しいクラスメイトになる少女に質問がされていく。

ニイナはニッコリと笑い、学友の質問に丁寧《ていねい》に応じていく。

「数ある国の中で日本に来られたのには何か理由があるのでしょうか？」

「はい、本当はアメリカの大学に留学する予定だったのですが、私はこれまで家庭教師に学ぶばかりで、このように学校に通ったことがありませんでした。それで私は歳《とし》の近い友人が少なかったのです。それで私の父がそのことにお心を砕《くだ》き、安全で先進的な国であります日本の学校に通ったらどうか、と言ってくださったんです」

瑞穂は顔を引《ひ》き攣《つ》らせ、マリオンは笑顔のまま固まっている。

ニイナの話はもっともらしく聞こえるが、日本の高校に通う、という決定的な理由などどこにもない。つまり、どこかに嘘《うそ》が混じっているのではないか、と瑞穂とマリオンだけは勘繰《かんぐ》ってしまっていた。

「私は周りが大人ばかりの環境《かんきょう》で育ったもので常識的なことが分からず、皆さまにはご迷《めい》惑《わく》をおかけすることがあるかもしれませんが、色々と教えてくださるとうれしく存じます。私はこちらの寮《りょう》にお世話になりますので、いつでもお声をかけてください」

ニイナが頭を下げると教室からまたまた歓声。

「まあ！　何でも聞いてくださいね」

「わたくし、校内をご案内しますわ」

「じゃあ、わたくしは寮についてご案内を」

「はいはい、皆さん～、それはお休みの時間にしましょうね。じゃあ、ニイナさんの席ですけれど……四天寺さんの隣が空いていますね。ニイナさん、一番後ろのあちらに」

「はい、先生」

ニイナは背筋を伸《の》ばし、クラスメイトの視線を一身に浴びながら最後尾にある瑞穂の隣の席に腰《こし》を下ろした。

「では、ホームルームを始めますね」

顔を引き攣らせている瑞穂の隣にニイナは何食わぬ顔で座《すわ》っている。

「ニ、ニイナさん……あなた」

小声で瑞穂が話しかけると、ニイナは片目をつぶる。

「瑞穂さん、これからはクラスメイトとして、よろしくお願いしますね。大丈夫《だいじょうぶ》です、瑞穂さんとマリオンさんのことは誰《だれ》にも話しませんから」

「そ、そんなことじゃなくて、何故、日本に？　しかもこの学校って」

ニイナはその瑞穂の質問に微笑した。

「その辺のことは、また後ほど……」

だが休み時間になるとニイナの周りは人だかりができてしまい、ゆっくり話すことが出来なかった。

結局、放課後に瑞穂とマリオンは人気のない屋上で、ニイナと待ち合わせをすることになった。

瑞穂とマリオンが屋上で結構な時間を待っているとニイナはようやくクラスメイトのお誘い攻勢《こうせい》を抜け出して屋上に姿を現した。

すると屋上に現れるや否《いな》やニイナは二人に頭を下げた。

「瑞穂さん、マリオンさん、驚《おどろ》かせてごめんなさい」

突然のニイナの謝罪に瑞穂とマリオンは顔を見合わせた。

「ニイナさん、それは驚いたわよ。突然、私たちの学校に転校してくるんだから」

「はい、本当に驚きました」

「ごめんなさい。朝、挨拶した時の話は本当で、一回も学校に通わずにいた私のことを父は気にかけていたみたいなんです。それで大学に行く前に同世代がいるハイスクールを経験するのも良いだろう、って言ってくれて」

「ああ、そうだったのね」

「はい、それは私にとって、とても魅力的《みりょくてき》な話だったので、すぐに飛びついちゃいました。瑞穂さんからも話を聞いていて、正直、本当に羨ましいと思ってたから……」

そのニイナの話を聞いて瑞穂とマリオンは軽く頰《ほお》を緩《ゆる》める。先ほど、一瞬でもニイナに警戒心を持ってしまった自分が恥《は》ずかしい。

「ここに入学できたのは父が日本の政府の方に相談してくれて、この学校を紹介されたんです。ですので、この学校に来たのは半分、偶然《ぐうぜん》なんです。もちろん、この話が来た時、私はすぐに瑞穂さんたちが通う学校だと気づいて……」

ニイナは瑞穂とマリオンを交互《こうご》に見つめた。

「本当に嬉《うれ》しかった！　また、瑞穂さんとマリオンさんに会えるって、しかも、クラスメイトとしてなんて」

ニイナはニッコリ笑う。

その笑顔に瑞穂とマリオンも反射的に笑顔になった。

ニイナのミレマーでの境遇《きょうぐう》を知っている瑞穂たちは今後の彼女《かのじょ》の学校生活を心から応援《おうえん》しようと思う。

「こちらこそ、よろしくね！　ニイナさん。私たちはもうすでに友達だけどね」

「ふふ、よろしくお願いしますね、ニイナさん。何か分からないことがあったらいつでも聞いてください」

「はい」

校舎屋上に吹く心地《ここち》のよい初夏の風が笑顔の三人を撫《な》でた。

まるで三年しかない高校生活を楽しもうと言っているかのようだ。

瑞穂とマリオンにはミレマーでの大変な経験をしているニイナの今の笑顔がとても眩《まぶ》しく感じられる。

それによく考えれば、この場所に能力者という事情を知っているニイナのような同級生がいるのはありがたい。これもミレマーで出会い、縁《えん》があってのことだ。

瑞穂とマリオンはニイナと末永く付き合える予感すら覚え、胸が温かくなる。

「実は……日本に来たのは、私が父を説得したんです。どうしても日本に行きたいって」

「……は？」

「え？」

不穏《ふおん》な空気になった……。

「前から日本の文化に興味があったのは本当なんですが、父が高校に通うことを提案してきた時……何故か日本しかあり得ないって思えたんです」

雲行きが怪《あや》しい……。

「ななな、何故、そう思ったの？」

「実は分からないんです。でも、ここには……日本に私は行かなくちゃいけないって。そして……ここであると思うんです」

「ななな、何があるんですか？」

「えっと……わ、笑わないで下さいね」

ニイナは恥ずかし気に顔を朱《しゅ》に染める。

瑞穂とマリオンは顔を青くした。

「殿方《とのがた》との出会いが……です」

朱に染めた頬に手をやり、恥ずかしそうにしているニイナは、瑞穂とマリオンに笑われていないかと目をやると……そこには、頭を抱《かか》える瑞穂と……

両膝《りょうひざ》を折ったマリオンが……

「瑞穂さん⁉　マリオンさん⁉　ど、どうかしました？　やっぱり、おかしかったですか？」

あたふたするニイナの声など二人には届いていない。

そこに屋上の扉が開いた。

「あ、ニイナさん！　こんなところにいらっしゃったのですね！　これから寮をご案内いたしますけど、いかがですか？」

ニイナはクラスメイトたちとの約束を思い出し、嬉しそうに返事をする。

「ありがとうございます、是非！　あ、じゃあ、瑞穂さん、マリオンさん、また！」

ニイナがクラスメイトたちと共にいなくなると瑞穂とマリオンだけがこの屋上に取り残された。

「ママママ、マリオン……」

「は、はい、瑞穂さん……」

二人の間に初夏の強い風が吹《ふ》き抜《ぬ》けていく。

「どどど、どうする？」

「取りあえず、することは決まっています」

「そうね……決まってるわね！」

「はい！」

瑞穂とマリオンは何故か影《かげ》で見えない顔をしたまま、この場を後にしたのだった。


今、祐人は吉林高校《きつりんこうこう》の校庭の端《はし》で草むしりに一生懸命《いっしょうけんめい》に取り組んでいた。

もう七月である。正直、暑い。寄ってくる虫も煩《わずら》わしい。

帰りたいのだが、後ろにある大きなかごをむしった草で埋《う》めないと帰れない。

祐人の監視役《かんしやく》に抜擢《ばってき》されたのは同じクラスの水戸静香《みとしずか》だったが、実質、その権限は静香と同じ剣道部の茉莉《まつり》に移行しているため、一切《いっさい》のズルは通じない状況だった。

「何で……いつも僕《ぼく》ばっかりこんな目に。でも、ずる休みした僕が悪いのか」

一際《ひときわ》大きい草を引き抜いた祐人はタオルで汗《あせ》を拭いた。

一人、愚痴《ぐち》をこぼしているが、実は今、祐人は機嫌が良かった。

というのは昨日、ようやく携帯電話を購入《こうにゅう》したのだ。

生まれて初めて持った携帯電話。

これが嬉しくてたまらない祐人は、昨夜、遅《おそ》くまで携帯の機能を確認《かくにん》していた。

その時、連絡先《れんらくさき》を知っているのは瑞穂とマリオン、そして、世界能力者機関日本支部支部長の秘書をしている垣楯志摩《かきだてしま》の三人だけだったので、すぐに携帯の電話帳に登録をした。

それだけで嬉しい。

何故かそれだけで大人になった気分だ。

それで今朝、ドキドキしながら瑞穂とマリオンに人生初のメールもしてみた。

祐人は携帯を取り出すと画面を確認する。

今日、何度もしている行動だ。

連絡があれば携帯が通知してくれるのは分かっているのだが、こうやって確認することをやめられない。

「何も返信がないけど、瑞穂さんたちに届いてるのかな？　というか用事がなければ使わないものなのかもな～」

そうつぶやくと祐人の携帯がブーンと震《ふる》えた。

「あ！」

祐人はドキッとした。

初めてのメールの着信。

それだけで……ジーンと感動を噛《か》みしめる祐人。

早速《さっそく》、メールを確認する。

すると、二通も来ているではないか。

「瑞穂さんとマリオンさんだ！　いや〜、初のメール受信！　嬉しいなあ〜」

鼻歌を歌いながらメール欄を開く祐人。

ニンマリと笑顔を作ってしまう。

「うん？　二人とも無題なんだ〜、そんなもんなのかな？　僕はまだ慣れてないからなぁ」

祐人は瑞穂とマリオンのメールを順番に開いた。


『説教よ!!　覚悟《かくご》なさい！』

『大説教です!!　連絡ください！』


祐人はしばらく画面を見つめ、笑顔のままの額から汗が流れると……、
そっとスマートフォンの画面を消した。

校庭の運動場から土埃《つちぼこり》まみれの暑苦しい風が祐人に吹きあたる。

「えっと……」

祐人は顔を上げて、突《つ》き抜けるような青空と白い雲を眺《なが》めた。

そして、息を吸い込むと……、

「何故《なにゆえ》にぃぃ――――――!?!?」

その祐人の心の叫《さけ》びは吉林高校の運動部員たちの喧騒《けんそう》にかき消されたのだった……。

番外1　携帯電話

「やっと終わった～、暑い～。これが一ヵ月《げつ》も続くのか～」

祐人《ひろと》は草がどっさり入った籠《かご》を背負い、女子剣道部《けんどうぶ》が活動中の体育館にやってきた。

祐人はこうして放課後になると、草むしり、全校舎のトイレ掃除を毎日交互にするよう担任の高野《たかの》美麗《みれい》に命じられている。

そして、そのお目付け役として同じクラスの水戸《みと》静香《しずか》が任命されていたため、その日の作業が終了《しゅうりょう》すると毎回、静香に報告しなくてはならない。

美麗から、ずる休みをした罰《ばつ》と言われているが、表向きには学校を騒がせた罰ということになっている。それは人外仲間の嬌子《きょうこ》たちが祐人に扮《ふん》して登校しているので、周囲には祐人は休んでいないことになっているからである。

祐人のずる休みを知っているのは担任の先輩《せんぱい》道士でもある超クールビューティー美麗と親友の一悟《いちご》だけだ。

「もう、嬌子さんたち一体、何をしたんだよ……」

なにがあったのか分からないが、幼馴染《おさななじみ》の茉莉《まつり》までもが烈火《れっか》のごとく怒っており、祐人の罰の監視《かんし》を任命された静香を率先《そっせん》して手伝い……というより、実権は完全に茉莉に移っている。

この状況を作った元凶《げんきょう》とも言える嬌子たちはというと、なにか用事があるのか最近は姿を見せていないために何が起きたのかも聞けていない。

「一悟に聞いても、震えるだけで何も教えてくれないし……」

そうは言ってもずる休みをしたのは自分だ。想像の斜《なな》め上《うえ》の状況にはなっているが、悪いのは自分。叱《しか》られることも覚悟していた。

祐人はため息を吐くと今日の草むしり終了の報告をするため、体育館の半開きになっている鉄製の引き戸の間から顔を出した。

今日の体育館は女子バスケ部と女子剣道部が使用している。

そこに雑草がたっぷり入った籠を見せに来るのは正直恥ずかしい。

祐人は汗だくの体操着姿で、気合の入った声を上げている女子剣道部員の方に顔を向けた。

「お、草むしり部の人が来たよ！　水戸さん、白澤《しろさわ》さん！」

祐人に気付いた剣道部員が茉莉たちに声をかけると、道着姿の茉莉と静香が祐人のところにやってきた。

栗色《くりいろ》のふわっとした髪《かみ》をしていて、顔は落ち着いた感じの茉莉と小柄《こがら》な元気印の静香が並んで剣道着《けんどうぎ》姿で並んでいると妙《みょう》に目立つ。

茉莉はその優《すぐ》れた容姿からすでに男子生徒たちからの圧倒的《あっとうてき》な人気を勝ち取っていたため、校内ではもうアイドル扱《あつか》いだ。

それでいて礼儀《れいぎ》正《ただ》しく、お淑《しと》やかで、誰にでも公平に話すため女子生徒からのやっかみも少ない。

茉莉と静香の二人はほとんどセットで行動することが多いので、最近は静香も名が知られ始め、後で聞いた話だが意外と静香の人気も高まっているらしい。

それを聞いた静香はニカッと笑い、「おこぼれ、おこぼれ」と茉莉をからかっていた。

その二人が体育館の出入り口に祐人が置いた籠を確認する。

「おおー、堂杜《どうもり》君。頑張《がんば》ってるねー、感心、感心！」

「祐人、ズルはしてないわよね！」

「してないよ！　というか、どうやってズルするの！」

茉莉は姑《しゅうとめ》のように丹念《たんねん》に籠の草を確認している。

誰にでも親切な茉莉だが祐人だけには態度が違《ちが》う。

この姿を見れば夢見がちな男子生徒たちも驚くだろうと思われるほどだ。

(僕にも少しくらい、優《やさ》しくしてほしいよ、本当に)

「祐人、何か言った？　いえ、今、何を考えたの？」

「なんにも！　なにも考えてないよ！　無我《むが》！　無我の境地！」

(しかも……この鋭《するど》さはなんなの？　超能力《ちょうのうりょく》？)

祐人がミレマーから帰って来てから茉莉は何故《なぜ》か、いつも以上に厳しい。

どうやら祐人がいない間に祐人の姿をした嬌子たちと何かあったようなのだが、それを聞けないために余計に対処に困る祐人だった。

というのも学校で起きたことはすべて祐人がしたことになっている。

それを祐人本人が聞くというのはおかしいからだ。

先日、茉莉が怒《おこ》りながら顔を真っ赤にして恥じらうようにしていたが、何があったのかまではさすがに分からない。

(本当に何があったの？　いや、何をしたんだ？　嬌子さんたちは……)

他《ほか》の同級生は祐人の存在を忘れているために影響《えいきょう》は少なかったが、自分を覚えていてくれている茉莉や一悟、静香には祐人のいない間の影響が残っていた。

「まあ、いいわ。ちゃんと反省を込めながらしているのよね？」

「そりゃあ、もちろん！」

それ以外に何が言えるのだろう？　この迫力《はくりょく》の前で。

「プププ……じゃあ、お疲《つか》れさま、堂杜君！　もう帰って大丈夫だよ！　今日はもう何もないの？」

静香が面白《おもしろ》そうに茉莉と祐人を見て、元気な声を出した。

「いや、それが……これから図書委員の人と一緒に図書室の本の整理があるんだよ」

「ああ……お助け係の？　大変だね～、今日はどっちの倉庫で？　第二倉庫だったら結構、遠いよ？　校舎の端の端だもん」

吉林高校《きつりんこうこう》の図書室は図書室と呼ぶには非常に大きいことが有名で蔵書数も半端《はんぱ》な数ではない。これが目的で入学を目指す生徒もいるくらいだ。

だが、その分、仕事も多い。

そのため、祐人のような手伝いはとても助かるので、祐人のお助け係の仲介役《ちゆうかいやく》にもなっている一悟に頻繁《ひんぱん》にオファーが来ている。

祐人のクラスの図書委員は重神《しげかみ》さんという小柄な女の子なので、特に書庫の整理等の力仕事は必ずと言っていいほど、お助け係の祐人にお願いが来るのだ。

重神さんはいつも申し訳なさそうにしているのだが、毎回、ヘルプを頼《たの》んでくるのは、実際、小柄な女の子には結構きつい重労働で効率が悪いことが分かっているからだろう。

そのため、祐人はなるべく気を遣《つか》わせないように快く受けている。

「え？　そうなんだ、確か今回は第二倉庫だったような。えっと、スケジュールメモを貰《もら》ってたから……」

祐人がどこかのポケットに入れていたメモを探していると、茉莉は祐人のお助け係のことは知っていたので、何とも言えない顔をした。

「祐人、結局、そんなに忙《いそが》しいなら部活に入れば？　男子剣道部が今年の一年が少ないって嘆《なげ》いているみたいよ？　祐人ならすぐにレギュラーだって……」

祐人の実家の古流剣術《けんじゅつ》道場で祐人の実力を知っている茉莉は、若干《じゃっかん》、祐人を気遣《きづか》うように提案をする。剣術と剣道は違うが、祐人なら問題ないと知っているのだ。

「うーん、考えてはいるんだけど、まだ難しいかな。これでもお助け係は毎日じゃないし、もう少し生活が安定したら、ね」

「そう……じゃ、じゃあ！　私が、ここ今度、ご飯を作りに……」

「あった！」

祐人は事前に貰っていたメモをお尻《しり》のポケットから見つけて取り出す。

と、同時に祐人のポケットから、ゴトン！　と音を立てて体育館の床《ゆか》に落ちるものがあった。

「……あ！」

祐人はそれに気づき、顔を青ざめさせると、すぐにそれを取り上げてポケットに入れ直す。

茉莉と静香は無言で、その一連の祐人の動きを見ていた。

「……」

「……」

祐人は背中に冷たい汗が流れるが、まるで何事もなかったようにメモを広げる。

ある意味、強行突破《とっぱ》だ。

「あ！　うん！　水戸さんの言う通り第二倉庫だよ！　ああ、もうこんな時間だ、じゃあ、行ってくるよ！」

そう言いながら、体を翻《ひるがえ》した祐人の腕《うで》が掴《つか》まれた。

祐人の体が凍《こお》る。

「ひ、祐人……」

「ななな、何かな？　茉莉ちゃん」

この間に祐人の前に素早《すばや》く回り込む静香。

「堂杜君……」

「水戸さん？　何で満面の笑《え》みで僕の前を通せんぼしているのかな？」

祐人の腕を掴んでいる手の握力《あくりょく》が増す。

「今……落としたのはナニ？」

「茉莉ちゃん？　な、なんのことを言っているのか……」

祐人が振《ふ》り返《かえ》ると、茉莉の顔が目の前に。

そして、茉莉は空いた手をスーと上げて手のひらを上にする。

「出しなさい……」

「な、何を？」

気付くと悪戯《いたずら》好きな子供のような顔の静香も間合いを詰《つ》めてきていた。

そして、祐人の耳に茉莉の影で見えない顔が近づいてきて……囁《ささや》く。

「携帯《けいたい》を……」

「ヒッ！」

祐人は、地獄《じごく》からのその囁きに目を見開き……、

数分後……祐人は二人の少女に体育館裏へ連れて行かれた。

◆

(※注意　三人の脳内)

体育館裏にできた簡易取調室での三人。

事情聴取《ちょうしゅ》、茉莉刑事《けいじ》。

調書作成担当、静香。

何故か容疑者扱い、祐人。

「まず、いつ買ったのか教えなさい」

「えっと……部活は大丈夫なの？　茉莉ちゃん」

「部長にオーケーもらって、休憩《きゅうけい》になったから心配しないで堂杜君！」

「心配だよ！　主に僕の身が！　ていうか何書いてるの、水戸さん⁉」

「祐人！　休憩は十五分しかないの。簡潔に答えなさい」

「はい」

「これは……いつ買ったのかしら？」

「三日前です」

「本当でしょうね」

「本当です」

「嘘をついていたら……」

「つく理由が、僕のためにまったく見当たりません」

パチパチパチ！　（静香が調書をパソコンに打ち込む音）

「何故、言わなかったの？」

「言いたかったのですが、機嫌《きげん》が悪そうだったので後にしようかと……」

バン！　（机を叩《たた》く茉莉刑事）

「嘘をつくんじゃないわ！」

「う、嘘じゃないよ！　ああいう時に、声をかけたら大体、ろくな目に……」

パチパチパチパチ！

「わ、私の機嫌は悪くなかったわ！」

「そこ!?」

「コホン！　で？」

「え？　で、とは？」

「だから！　その携帯をどうするの？」

「は？　そりゃ、使うけど……」

ドゴン!!（机をグーで叩く茉莉刑事）
ドグワシャ！（祐人が驚いて椅子《いす》から後ろに落ちた音）
「そんなことを聞いてないわ！　携帯を使うためには聞かなければならないことがあるでしょう！」
「え？　あ……う、うん」
パチパチパチパチ！
「で、言うことは？」
「あ、茉莉警部」
「そこは茉莉でいいわ」
「茉莉ちゃん」
「何かしら？」
「携帯の番号とメールアドレスを……教えてください」
パチパチパチパチパチ！（静香がノッてきた）
スーイスーイ（茉莉がデスクの上で人差し指を走らせている音）
「は、初めから正直に言えばこんなところ（※取調室）に来なくても済んだのよ。どうせ、祐人のことだから、まだ誰のアドレスも登録されていないんでしょう？　まったく、仕方ないわね。私が祐人の最初のアドレス登録に協力してあげるわ」

「え⁉　あ、いや……もう登録は何件か」

「……は？」

パチパチパチパチパチパチパチパチ！

「ああ……実家ね、それか袴田《はかまだ》君でしょう？　まあいいわ、それくらいなら」

「……」

目をそらす祐人容疑者。

「……」

それを見逃《みのが》さない茉莉刑事。

「……」

その二人の様子を観察する調書作成担当の静香。

パチパチパチパチパチパチパチパチ！

「ひ、祐人？　あなた、まさか」

「ななな、何？」

茉莉が笑顔《えがお》。

笑顔が怖《こわ》い祐人。

この調書のヤマと考える静香。

「携帯の中身に関してあなたには黙秘《もくひ》権《けん》があります」

茉莉警視総監《そうかん》（※出世した）の視線が祐人を射貫《いぬ》く。

笑顔で。

祐人容疑者はこの国（※三人の脳内の国）に黙秘権がない事を悟《さと》る。

「なお、供述は法廷《ほうてい》であなたに不利な証拠《しょうこ》として用いられることがあります」

祐人容疑者は何を言っても言わなくても不利にしかならないことを悟る。

「あなたには弁護士の立ち会いを求める権利があります」

そんな人いません。

「もし、自分で弁護士に依頼《いらい》する経済力がなければ公選弁護人を付けてもらう権利があります」

経済力も権利もありません。

「で！　今、登録されているアドレスは何件？」

ガタガタガタガタ！　バシィィィイ!!

（祐人の椅子が説明できない力で揺《ゆ》れて、突然《とつぜん》現れた革《かわ》のヒモで手足が縛《しば》られた音）

「ヒッ！　さ、三件です」

「フム……そう。で、その三件のアドレスの内、何件が…………………女性？」

パチパチパチパチパチパチ！

「……さ」

「な！　さ⁉」

パチパチパチパチパチパチパチパチ！

「三件です！」

パチ！

ポタポタ……（祐人の汗がデスクの上に落ちる音）

ゴゴゴ！（茉莉の周りに不可視の力が集まる音）

ピキーン！（静香が新しいタイプの人間みたいに閃《ひらめ》いた音）

「はっはーん！　堂杜君、それって前に資格試験で会ったっていうガストンさんが言ってた……」

ブンブンブン！（涙目《なみだめ》で、やめて！　という合図を必死に送ろうと振る祐人の頭の音）

「すごい可愛《かわい》いっていう二人でしょう！　あれ？　でも一人増えてるね」

トホホ……（分かってはいたが、静香にまったく気を遣ってもらえなくて落ち込む祐人）

ゴゴゴゴゴ！（茉莉の周りに不可視の力がさらに集まる音）

「仕事先の友達なんだよ、二人は！　それで連絡《れんらく》を取りやすいようにと！　一人増えているのは……えーと、そう！　社長の秘書さんで僕らの仕事の振《ふ》り分けをしているの！」

「祐人……」

「ハヒッ！」

「その子たちとは仕事仲間なのね？　悪い子に騙《だま》されているわけじゃないのね？」

「うん！　もちろん！　すごく真面目《まじめ》な人たちだよ！」

ゴゴゴ……（不可視の力が少し減っていく音）

カッ！（祐人がこのチャンスを逃《のが》すか！　と目を開けた音）

「茉莉ちゃん！　携帯番号とか教えて。勉強のこととか聞きたいときに連絡したいって思ってたから！」

「……！」

茉莉の目が見開かれ、直後、表情が柔《やわ》らかくなっていく。

シュルルル（手足の革のヒモも解ける音）

「ふう」

茉莉が世話好きで頼《たよ》られるのが大好きなことを知っている祐人が、この一点買いの賭《か》けに勝ったと汗を拭《ぬぐ》う。

現実世界への帰還《きかん》を果たした三人。

体育館裏だが。

「茉莉、もう時間だよ、行かなくちゃ！」

「うん！　あ、祐人、今日は一緒《いっしょ》に帰らない？　その時に携帯のアドレスとか交換《こうかん》するから」

「分かった。校門の前で待ち合わせでいい？」

「分かったわ、じゃあ、後でね」

そう言うと茉莉と静香は急いで練習に戻《もど》っていった。

走る静香はチラッと横目で茉莉を見てニッコリする。

それは……茉莉の表情が、ここ最近で一番の嬉しそうな顔をしていたのだから。

（本当は単純なんだよね～。良かったね、茉莉）

番外2　男の友情

放課後、袴田一悟《はかまだいちご》は校舎裏手の斜面《しゃめん》になった芝生《しばふ》の上に座《すわ》り、遠くを見つめている。

「はぁぁ～」

大きく溜《た》め息《いき》を吐《つ》く一悟。

一悟は部活動に参加してはいないので放課後になるとすぐに帰宅するのだが、今日はそんな気分にならずに、人気がないこの場所に来ていた。

やや遠方にある前方の女子テニス部の活動が視界に入るが今の一悟にはただの風景。

「何で俺《おれ》がこんな目に……」

一悟は地べたの芝生を数本抜くと、目の前でパラパラと落とした。

何の罪もない芝生が風に乗って横に流れ、それを意味もなく目で追うと、その視線の先の方に大きな籠を横に置き、必死に草むしりをしている少年がいた。

どうやら校舎前面にある校庭の方の草は取りつくしたのだろう。

イラッ。

る。

「祐人《ひろと》の野郎《やろう》〜」

一悟は先週のすべてが祐人の姿に化けてやって来た傲光《ごうこう》を始めとした人外たちのフォロ

ーで大変な一週間を過ごしていたのだ。

厳密には祐人のせいではないのだが、やり場のない一悟の怒りはすべて祐人に向けられ

取りあえず腹が立った一悟が祐人の集めた雑草をどこかに捨ててやろうか、と考えると

一息を入れるためか祐人が立ち上がり、こちらに気付いた。

その祐人はこちらに歩いて来る。

汗を拭《ふ》きながらのほほんとした顔で（一悟の主観）。

「おーい、一悟？　こんなところで何やってるの？　なんか用事でもあんの？」

「こ、こっち来るな！　お前といると、また！」

祐人が一悟に声をかけた時、一悟の後ろを数人の女子テニス部の部員が通りかかった。

その女子部員たちは、一悟に気付くとひそひそ話を始める。

「ええー!?　本当？」

「そうみたいよ〜？　聞いた話だけど……クスクス」

「あちゃー、結構、格好《かっこ》いいのに〜。でも、私はそれもありかな！　萌《も》えるわ！」

「あはは！　麻衣は意外に腐女子？　でも私もちょっと分かるかも」

「やだー、じゃあ、あの『草むしりの人』が、お相手？　受けっぽい～」

「キャー、でも悪くないね、お似合いかも！」

と、小さな笑い声を残し、小走りに通り過ぎていった……。

「……」

「……」

一悟と祐人は力のない半目で見つめ合う。

女子部員の元気な笑い声を背景に二人の間を砂埃《すなぼこり》交じりのゆるい風が吹き抜けていった。

「……」

「……」

（草むしりの人……って？）

「い、一悟？　これは……」

「聞くな、『草むしりの人』」

「変な種族名をつけるな！」

「黙《だま》れ！　草むしり族の最下級兵士が！　この雑草が！」

「な！」

一悟の言いように涙目で悔《くや》しがる祐人。

「なんだよ！　そっちなんか、最下級ＢＬ戦士のくせに！」

「ぬお！」

胸を撃《う》ち抜かれたように仰《の》け反《ぞ》る一悟。

もちろん、涙目。

「……」

「……」

涙目で睨《にら》み合《あ》う少年二人。

そして……同時に二人は膝《ひざ》を折り、両手を地面に突いた。

「うう、この俺が何で……極度の男好きに」

「好きで雑草を集めているわけじゃないのに……うう」

ひゅ～、と暑苦しい風が通り過ぎる。

「傷つくなら、責め合わなきゃいいのに」

四つん這《ば》いで涙を流す愚《おろ》かな二人の少年の後ろに、偶然《ぐうぜん》、一部始終を見ていた水戸《みと》静香《しずか》が呆《あき》れた顔で立っていた。

これから武道場の方に行く途中《とちゅう》だったらしい。

「だってこいつが！」」

「はいはい、取りあえず、落ち着く、落ち着く」

そう静香に言われて、三人はそのまま芝生の上に腰《こし》を下ろした。

「……」

「……」

（な、何？　この重い空気は……）

静香は内心、汗をかく。

呆然自失《ぼうぜんじしつ》の少年二人が両側に座り、何も言葉を発しない状況《じょうきょう》が続き、さすがの静香も居《い》心地《ごこち》が悪かった。

「と、取りあえず、問題を分析《ぶんせき》したらいいんじゃないかな？」

「「分析……？」」

死んだ魚のような目で両側から静香に顔を向ける。

「ちょっと！　両側から声を合わせるのは止《や》めて！　そう！　まず、現状の問題点を抽《ちゅう》出《しゅつ》して解決策を探《さぐ》るの！　本当はこういうの袴田君が得意でしょ？」

「でも、問題点って言われてもなぁ。噂《うわさ》が広がっているのをどうやって……」

「僕のは解決のしようがないんじゃ……美麗《みれい》先生の命令だし」

「そんなこと言ってても何も始まらないよ！　とにかく、現状を変えたいんでしょう？」

「うーん……」」

「だから、声を合わせないでって！　二人とも同じような問題でもあるんじゃない？」

「え？　この『草むしりの人』と？」

「え？　このBLと？」

途端《とたん》に一悟と祐人は静香の前で3センチ以内に顔を近づけて睨み合う。

「こらこら……」

静香にチョップされた二人。

「でも、それだよ！　二人は意に反したレッテルを貼《は》られてるんでしょう」

それを聞くと二人の少年は息まいた。

「ああ！　そうだ！　それを何とかしてーんだよ！」

「そうだね！　でもどうしたら……」

「それを考えるの。悩《なや》んでるだけじゃ、しょうがないんだから。じゃあまず、二人はどういう状況にもっていきたいの？　それを目的に行動を起こせばいいんじゃない？」

「俺は、ごく普通《ふつう》に女好きと思われたい。極度の女好きとして扱われたい！」

一悟はプルプル体を震わし拳《こぶし》を握《にぎ》る。

「そ、それは、いい状況なの？」

「当たり前だ！　俺は女好きであることに誇《ほこ》りを持っているんだ！　どこにいっても通用する最高の女好きに！」

「そんなの誇りにしないでよ」

「俺は女が好きなんだ！　そうだ！　おれは女好き王になる！」

「アホなの？　あなたは。この変態が。まあ、いいわ、それが袴田君の目的ね！　じゃあ、堂杜《どうもり》君は？」

「僕《ぼく》は『草むしりの人』じゃないことを世間に知らしめたい！」

「無理ね。まあ一ヵ月は諦《あきら》めなさい。いいわ、よく分かった！」

「あれ？　今、馬鹿《ばか》にされてなかった？　俺」

「あれ？　言わせといて全否定してなかった？」

「二人とも目的ははっきりしたね！　次はそのための作戦よ！」

「お、おう……」

「う、うん……」

「じゃあ、まず袴田君から！」

「そうだな……女好きと分かってくれればいいんだからな。そうだ！　少し普通だが女の子をデートに誘《さそ》えばいいんじゃないかな？　それも何人も」

「うーん……でも、一悟。それだけじゃ女好き王と呼ぶには、若干、インパクトが弱くない？　だって今は男好きというマイナスからのスタートだよ？」

「そ、そうか？　そうだな……確かに。女好きと一目で分かるには……」

「あ、一悟！　前に一悟が貸してくれたあの秘蔵の本！」

「ん？　おお、あの巨乳特集か！　なるほど、あれを持っていて男好きなんて思われるわけがないな！　胸は女性特有のものだからな！　祐人、でかした！」

「茉莉《まつり》に報告だね、それ」

「いいんだよ、僕だってちょっと責任を感じてるし……」

「祐人……お前。よし！　俺の親友のアイデアは無駄《むだ》にはしねーよ。つまり……ハッ！　その本を片手にデートに誘えば、完璧《かんぺき》じゃねーか！」

「完璧な犯罪者ね。美麗先生に事前に報告しとくわ」

「おお、さすがは一悟だよ！　よし、じゃあ僕の番か……。とにかく『草むしりの人』っていうのを避《さ》けたいんだよな～」

「あ、祐人！　お前、草ばっかりむしってるのが悪いんじゃね？」

「あ……ああ！　そうか！　そういうことか！　一悟は天才なの⁉」

「そりゃ、草むしりだからね」

「つまり、草ばっかり集めないで……」

「うーむ、あ、虫とかも捕《つか》まえるとかはどうだ？」

「おおお！　それだよ！　そうすれば『草むしりの人』だなんて誰《だれ》も思わないよ！　一悟はどんだけすごいの？」

「子供の夏休みか！」

「いや……俺だって親友が『草むしりの人』って呼ばれるのは、なんかムカつくからな。俺のダチに何言ってんだってなるわ」

「……一悟」

「へ！　やってやろうぜ！　祐人！」

「オウさ！　未来の女好き王！」

一悟と祐人は勢いよく立ち上がり、互《たが》いの腕を絡《から》める。

「この二人の将来が心配だわ」

「よぉーし、そうと決まれば！　明日から行動だ！　祐人！」

「分かった！」

その二人の絡めた腕に静香がそっと手を添《そ》える。

「二人とも良かったね。私も二人が力を合わせる姿が見れて感動したよ！　色んな意味で」

「いや、これも水戸さんのおかげだよ！」

「そうだな、俺たちを冷静にさせて、〝気付き〟を与《あた》えてくれたもんな。恩に着るぜ、水戸さん！」

「その気持ちだけは、何があっても忘れないでね！　何があっても！」

「「もちろん!!」」

次の日……、
吉林高校《きつりんこうこう》では高野《たかの》美麗の命令で草むしり要員が一人増え、その少年には『巨乳好きBL』の称号《しょうごう》が送られた。

また、今まで草むしり要員だった少年には『草むしりの人』に加え、『虫捕《と》り網《あみ》の人』という称号がプラスされた。

そして、この少年が借りたという巨乳雑誌は茉莉の知るところになり……以下省略。

これは吉林高校の何気ない日常の一コマ。

変わったことといえば、茉莉が何故か牛乳を飲むことが多くなったぐらい、であった。

あとがき

たすろうです。

魔界帰りの劣等能力者4巻をお手に取って頂き、誠にありがとうございます。

もう夏です。皆様も体調管理にはお気を付けくださいね。

実はこの4巻を執筆していた時はコロナウイルスが猛威を振るっていましたので、私だけではなく不安な時を過ごされていた読者様たちもいらっしゃったかもしれません。

平穏な日常が一刻も早く皆様に訪れるようにお祈りしております。この本が出る頃にはそうなっていればいいと心から願っております。

さて、魔界帰りの劣等能力者ですが、ミレマーを舞台にした第二章が完結いたしました。

私としては二章を世に送りだすことができて感慨深い限りです。

毎回聞いておりますが、いかがでしたでしょうか。

読者様が楽しんで頂けますと作者の喜びも倍増します。

何はともあれ、祐人君たちも無事に日本に帰ってきましたし、いつもの日常に戻っていくでしょう。いや、戻って欲しいですね。

……大丈夫かな?

それはさておき、この物語を書いていてしばしば頭を悩ますのは登場人物たちのバックグラウンド、つまり性格や生い立ち、その人物を取り巻く環境をどこまで話の中に反映させるか、があります。

また他には異能を持つ能力者たちの場合はその能力の特徴や特性を考えることです。

私の場合、これらの情報は執筆前から決定しており、書いている途中で変わることはありません。

これはファンタジーとはいえリアリティーを損ないたくないから、という想いでそうしています。

とはいえ検証はできませんから、これがリアリティーを担保しているかどうかは分かりません。

私のポリシーみたいなものかもしれませんね。

二章に出てきたキャラクターたちは、これに従って自ら行動し発言していきます。

変なことを言っていると思われるかもしれませんが、たまに自分の小説を読み返して各キャラクターたちのセリフを見ると「これ本当に私が書いたのかな？」と思うことがあります。読み返したときの私では思いつかないセリフなのです。

そう考えるとキャラクターって生きているんだなぁ、と、しみじみ思います。

あ、これは他の作家さんでもあることらしいので、私を変な目で見るのはやめましょう。

今後はまだ何も決まっておりませんが、また皆様にお会いできることを心待ちにしています。


最後にＨＪ文庫の編集の皆さま、営業の方、担当のＳさん、そして、大変お忙しい中、いつも素敵なイラストを描いてくださったかるさんに感謝を申し上げます。

また、この本をお手に取ってくださいました読者様、この物語を応援してくださいました方々に最大限の感謝を申し上げます。

誠にありがとうございました！

HJ文庫 http://www.hobbyjapan.co.jp/hjbunko/
887

魔界帰りの劣等能力者

4．偽善と酔狂の劣等能力者

2020年8月1日　初版発行

著者――たすろう

発行者―松下大介
発行所―株式会社ホビージャパン

〒151-0053
東京都渋谷区代々木2－15－8
電話　03(5304)7604（編集）
　　　03(5304)9112（営業）

印刷所――大日本印刷株式会社

装丁――小沼早苗（Gibbon）／株式会社エストール

ISBN978-4-7986-2245-3　C0193

ファンレター、作品のご感想お待ちしております

〒151－0053　東京都渋谷区代々木2－15－8
(株)ホビージャパン HJ文庫編集部 気付
たすろう 先生／かる 先生